古典詩歌研究彙刊

第八輯

龔鵬程 主編

第 **14** 冊

王安石金陵詩研究

宋 長 榮 著

國家圖書館出版品預行編目資料

王安石金陵詩研究／宋長榮 著 — 初版 — 台北縣永和市：花
木蘭文化出版社，2010〔民 99〕
目 2+164 面；17×24 公分
（古典詩歌研究彙刊 第八輯；第 14 冊）
ISBN 978-986-254-322-1（精裝）
1.（宋）王安石 2. 宋詩 3. 詩評
851.4515 99016401

ISBN - 978-986-2543-22-1

9 789862 543221

古典詩歌研究彙刊
第八輯　第十四冊　　　　　　　　ISBN：978-986-254-322-1

王安石金陵詩研究

作　　者　宋長榮
主　　編　龔鵬程
總 編 輯　杜潔祥
出　　版　花木蘭文化出版社
發 行 所　花木蘭文化出版社
發 行 人　高小娟
聯絡地址　台北縣永和市中正路五九五號七樓之三
　　　　　電話：02-2923-1455／傳眞：02-2923-1452
網　　址　http://www.huamulan.tw 信箱 sut81518@ms59.hinet.net
印　　刷　普羅文化出版廣告事業
初　　版　2010 年 9 月
定　　價　第八輯 20 冊（精裝）新台幣 28,000 元

王安石金陵詩研究

宋長榮　著

作者簡介

宋長榮，基隆人，國立基隆商工廣告設計科畢業、私立華梵大學中國文學系畢業、
國立東華大學中國語文學系（今改為華文系）碩士班畢業，現為上班族。

提　　要

　　王安石，北宋著名政治家、學者、詩人，想到王安石，首先聯想至其變法，
由此故，安石多染上政治色彩，千百年來，其政治作為幾為討論焦點，亦由此，
人們多將之「束之高閣」，在歷史完人與罪人兩極化評價間擺盪，殊不知歷史人物，
亦曾是活生生的血肉之軀，具六欲七情如同現時的你我，本文即試圖以「生命的」、
「人的」角度，探討安石詩人之一面。

　　金陵作為歷史古都，是文人夢中的繁華景、傷圮的哀城，懸盪於政權更迭的
往昔，喧擾與孤寂交織，王安石本臨川人，後因父王益轉移居金陵，末閒退於此，
安石與金陵的互動是時空的水到渠成，而人與地的知遇不只是空間的流轉，亦是
主體心靈的觸發，故從空間的角度探索王安石金陵詩，除欲深契其詩人之一面，
亦求展現人與空間的豐麗多姿。

致謝辭

　　在東華數年，玩歲愒時，蒙本文指導教授張蜀蕙老師的悉心教導，予本文思路極大的鼓舞，論文截稿以前，張蜀蕙老師仍犧牲私人時間，給予文脈、文辭上的指正，才使拙作粗略成形，也感謝東華大學劉漢初等老師在學業上的指導，及諸位老師、同學對於我初為研究生時散漫態度的容忍，由於不擅言辭，皆未能當面致謝，謹致。

　　還有一片無言的山巒湖泊環繞於校園四週，假使徒步也可以如文字般留下記憶，它會是我存留回憶的方式。

　　最後感謝口考老師們寶貴的意見，分別為侯迺慧老師、劉漢初老師與張蜀蕙老師，使本文有再進步的空間，以及林孟葳先生對於本文圖示的襄助，一併致謝。

目

次

第一章　緒　論

一、研究動機

　　作爲政治家的王安石向爲學界關注，近代卓然成家者如梁啓超與鄧廣銘，梁啓超的《王荊公》〔註1〕著重於王安石的政術，尤指王安石的變法，《王荊公》提及王安石的學術與文學，點出王安石研究的三個面向；鄧廣銘《北宋政治改革家王安石》〔註2〕著重作爲政治改革家的王安石，王安石的政術尤其是變法，自王安石身後存在著過度扭曲與過度高捧的現象，鄧廣銘在上世紀七十年代曾撰寫《王安石》，之後修正過去的觀點，以期恢復王安石的本來面目。〔註3〕

　　而作爲文學家的王安石，詩作在宋詩有其重要性，王安石詩研究於學界發展的面向如李燕新《王荊公詩研究》，〔註4〕認爲王安石詩不僅內容多具意義，且詩律精密，章法謹嚴，但因變法的緣故，後人多諱所學，言之者少，因之將王安石詩分爲內容與形式討論，文獻的徵

〔註 1〕〔清〕梁啓超：《王荊公》（台北：中華書局，1966 年）
〔註 2〕鄧廣銘：《北宋政治改革家王安石》，《鄧廣銘全集》（石家莊：河北教育出版社，2005 年），卷一。
〔註 3〕此書是鄧廣銘四寫王安石的成果，秉持「有一分證據說一分話」的原則，以求具有足夠的說服力，以恢復王安石的本來面目，可參：〈序言〉，《北宋政治改革家王安石》，頁 3～13。
〔註 4〕李燕新：《王荊公詩研究》（台北：文津，1997 年）

引詳實，論述詩文考論備切，又依當時所新見資料即據朝鮮活字本影印的《王荊文公詩李壁注》﹝註5﹞增補版本、佚詩等篇章內容，極具參考價值；劉正忠《王荊公金陵詩研究》﹝註6﹞詳細闡述王安石詩學架構與金陵詩的美感與意境，藉由王安石的生命情調、文學觀念與詩歌特質的緊密交契，探索「王荊公體」的風貌，在第二節〈園宅・山水・風物〉論及「金陵」對王安石詩文興發的作用與影響，﹝註7﹞有助本文的思考；江珮慧《王荊公詠史詩研究》﹝註8﹞從「歷時性」研究的方式，將王安石詠史詩依仕宦情況分期，再由「共時性」分析，將王安石詠史詩的內容題材分為歷史人物、歷史事件、歷史古蹟，歷史古蹟類則別為金陵與驪山，﹝註9﹞歌詠金陵是歷代詩人詠史懷古的重要主題，王安石踵繼前人也有所發揮，「金陵」則是充滿濃厚歷史氛圍的場所；石佩玉《王荊公中晚年的心靈世界──以其詩為討論中心》﹝註10﹞討論王安石的思想與情感，藉著由詩論人、由詩論詩的方式顯現王安石中晚年心靈的精微處。以上所論各有擅場，而「金陵」山水與其特有、濃厚的歷史氛圍皆可從王安石詩中尋繹，諸家已略有論及，本文則再就王安石金陵詩與金陵的結合，做更深入的探討。

　　事實上詩話裡便刻劃王安石於金陵的生活樣貌，王安石晚年閒適生活的情調也常反映於詩作，王安石〈北山〉詩﹝註11﹞云：「北山輸

﹝註5﹞〔宋〕王安石撰；李壁注：《王荊文公詩李壁注》（北京：上海古籍出版社，據朝鮮活字本影印，1993年）

﹝註6﹞劉正忠：《王荊公金陵詩研究》（台北：花木蘭出版社，2007年）

﹝註7﹞劉正忠：《王荊公金陵詩研究》，頁35。

﹝註8﹞江珮慧：《王荊公詠史詩研究》（國立彰化師範大學國文研究所國語文教學碩士論文，民國94年8月）

﹝註9﹞江珮慧：《王荊公詠史詩研究》，頁211～242。

﹝註10﹞石佩玉：《王荊公中晚年的心靈世界──以其詩為討論中心》（私立靜宜大學中國文學系碩士論文，民國95年7月）

﹝註11﹞〔宋〕王安石著；李之亮補箋：《王荊公詩注補箋》（成都：巴蜀書社，2002年），卷四十二，頁803，以下所引詩作，皆以本書頁碼為主，僅標明（卷／頁），不另註明出處。王安石的詩文繫年，本文則參考李德身：《王安石詩文繫年》（西安：陝西人民出版社，

綠漲橫陂，直塹回塘灩灩時。細數落花因坐久，緩尋芳草得歸遲。」
《三山老人語錄》云此詩狀閑適，〔註12〕〈北山〉詩閑適的情調即王
安石晚年閑適生活的反映，詩話便常記載王安石的晚年詩作與其晚年
的閑適生活。

　　王安石晚年的閑適生活以騎驢的形象最深植人心，在蘇軾眼中，
王安石於金陵的生活形象即「騎驢渺渺入荒陂」的舒緩自在，〔註13〕
黃庭堅〈書王荊公騎驢圖〉也云：「金華俞紫琳清老，嘗冠禿巾，衣
掃塔服，抱《字說》追逐荊公之驢，往來法雲定林，過八功德水，逍
遙游亭之上。」〔註14〕王安石晚年騎驢的形象所以一再被傳寫，在於
騎驢爲王安石晚年心境外化的展現，騎驢並非爲追求速效，而是以從
容的姿態感覺世界。

　　《避暑錄話》云：「王荊公不耐靜坐，非臥即行，晚居鍾山謝公
墩，自山距城適相半，謂之半山。嘗蓄一驢每旦食罷，必一至鍾山，
縱步山間，倦則扣定林寺而臥，往往至昃乃歸，有不及終往，亦必跨
驢半道而還。」〔註15〕《避暑錄話》除仍記載王安石騎驢遊山，但是，
須具有路徑、山水、寺院，遊之活動方成爲可能，人的生活須建基於
實存的空間，王安石晚年則是以金陵作爲閑居退散之地，空間的存在
才可能有王安石騎驢縱步、行遊觀覽的身體移動，於是本文以詩與地
結合的方式探討王安石詩是爲更突顯金陵作爲一空間的存在，如金陵

　　　1987 年）
〔註12〕《三山老人語錄》：「荊公詩云：『細數落花因坐久，緩尋芳草得歸遲。』
　　　　六一居士詩云：『靜愛竹時來野寺，獨尋春偶過溪橋。』二公皆狀閑
　　　　適，荊公之句爲工。」見〔宋〕胡仔：《苕溪漁隱叢話前集》（台北：
　　　　世界書局，2009 年），卷三十六，頁 237。
〔註13〕蘇軾〈次韻荊公四絕〉之三云：「騎驢渺渺入荒陂，想見先生未病時。
　　　　勸我試求三畝宅，從公已覺十年遲。」見查慎行註：《蘇詩補註》（台
　　　　北：新文豐，1979 年），卷二十四，頁 1。
〔註14〕〔宋〕黃庭堅：〈書王荊公騎驢圖〉，《黃庭堅全集》（成都，四川大
　　　　學出版社，2001 年），正集卷第二十七，頁 733。
〔註15〕〔宋〕葉夢得：《避暑錄話》（台北：藝文印書館，百部叢書集成，
　　　　1966 年），學津討源九，卷上，頁 4。

是供王安石閒遊的空間，經由王安石文字的書寫而呈現筆下的金陵山水與歷史氛圍，這一藉由文字所產生的文學空間也透露了王安石的心境或觀看世界的方式。

經由時間的發展，金陵具有濃厚的地域風格，本文則依據地方志或簡稱方志及與金陵相關的文獻建構地域的想像，地方志是地方的百科全書，在區域沿革、地理形式（山、川、河、湖）、宮城建築（包括寺廟、園宅、陵墓等），以及人物掌故各面向，累積了豐富的文獻資料，〔註16〕而關於方志的名目和種類，學術界的意見雖大體一致，但還存在歧見，傳統分類一般是把地方志書分為區域志與專志（包括雜志）兩大類，後又有據新的情況，分為四大類，即行政區域志、綜合志、專志、綜合性專志。〔註17〕總志是記述兩省或兩省以上地區自然與社會各方面情況的志書，〔註 18〕現在一般把全國性志書稱為總志，本文所參考的總志如宋樂史撰：《太平寰宇記》（北京：中華書局，2007 年）、宋王存撰：《元豐九域志》（北京：中華書局，1984 年）、宋王象之撰：《輿地紀勝》（北京：中華書局，2003 年）、宋歐陽忞撰：《輿地廣記》（成都：四川大學，2003 年）、宋祝穆撰、祝洙增訂：《方輿勝覽》（北京：中華書局，2003 年）等。

方志則勾勒出金陵的各個面向，表現一方的全貌。方志是以一定體例反映一地行政單位的政治、經濟、軍事、文化、自然現象和自然資源的綜合著述，方志可分為全國性的總志和地方性的州郡府縣志兩類，〔註19〕本文所參方志類在此指的是州郡府縣志一類，如宋周應合

〔註16〕方志的史料價值與豐富內涵可參宋晞：〈地方志與歷史學〉、〈論地方志在史料學上的地位〉，《方志學研究論叢》（台北：台灣商務，1999年）。而關於方志的起源、類別、歷代編纂的情況，可參來新夏：《中國地方志》（台北：台灣商務，1995 年）

〔註17〕可參林衍經：〈緒論〉，《方志學綜論》（上海：華東師範大學出版社，2008 年），頁 7～12。

〔註18〕見黃葦主編：《中國地方志辭典》（合肥：黃山書社，1987 年），頁466。

〔註19〕見黃葦：《中國地方志辭典》，頁 372。

修：《景定建康志》（台北：成文出版社，據清嘉慶六年刊本影印，1983
年）、元張鉉修：《至正金陵新志》（台北：成文出版社，據元至正四
年刊本影印，1983年）、清呂燕昭修、姚鼐纂：《〔嘉慶〕新修江寧府
志》（上海，上海古籍出版社，據清嘉慶十六年刻本影印，1995年），
三書皆為本文所重，尤以《景定建康志》距離王安石時代最近，多引
用之。

　　針對金陵的某一面向作深入細微的記述則有賴專志，專志乃專記
某一項或主要記述某一項內容的志書，〔註20〕本文參考專志類著作如
明葛寅亮撰：《金陵梵剎志》（台北：新文豐，1987年），《金陵梵剎
志》記述金陵佛寺頗為詳備，並不憚煩引用詩文記述，便於本文檢索，
對於過去曾經存在，但至明代已廢壞消失的佛寺也有專篇，極富價值。

　　相對於方志，另有眾多體例較不完備的雜志與雜史，雖為一家私
言，私人纂修，也可與方志互為參照。雜志作為方志名，多指私人纂
修，體例較不完備的志書，〔註21〕本文所參雜志類如《金陵瑣志》七
種（台北：成文出版社，據清光緒二十六年刊本影印，1970年），包
含清陳作霖撰《運瀆橋道小志》、《鳳麓小志》、《東城志略》、《金陵物
產風土志》、《南朝梵剎志》等五種，及陳詒紱撰《鍾南淮北區域志》、
《石城山志》等兩種。雜史舊時指非正統史家的著述，後來目錄學家
大體以只記一事始末和記一時見聞，或只為一家私記，帶有掌故性質
的史書，稱為「雜史」，〔註22〕本文所參雜史類如宋張敦頤撰：《六朝
事蹟類編》（台北：世界書局，1976年）、清金鰲撰：《金陵待徵錄》
（台北：成文出版社，據清道光二十四年刊本影印，1983年）。

　　其餘如明朱之藩撰：《金陵圖詠》（台北：成文出版社，據明天啟
三年刊本影印，1983年）、清顧炎武撰：《建康古今記》（台北：成文
出版社，1983年）、清陳伯雨編輯：《金陵通紀》（台北：新文豐，1975）、

〔註20〕見黃葦：《中國地方志辭典》，頁355～356。
〔註21〕見黃葦：《中國地方志辭典》，頁411。
〔註22〕見黃葦：《中國地方志辭典》，頁411。

清傅春官撰:《金陵建置沿革表》(台北:世界書局,1976年)、不著撰人:《金陵地志圖考》(台北:成文出版社,據清代手鈔本影印,1989年)等,皆為本文參考文獻。

民國以來朱偰的金陵考古三種:《金陵古跡圖考》(北京:中華書局,2006年)、《建康蘭陵六朝陵墓圖考》(北京:中華書局,2006年)、《金陵古跡名勝影集》(北京:中華書局,2006年),作者實地考察,論證不苟,具備眾多圖示與影像,三本相互參酌,對本文助益匪淺,當代則參考了姚亦鋒著:《南京城市地理變遷及現代景觀》(南京:南京大學出版社,2006年)、劉淑芬著:《六朝的城市與社會》(台北:台灣學生書局,1992年)等也是本文重要的參考資料,《南京城市地理變遷及現代景觀》是以景觀規劃的角度論述南京與《六朝的城市與社會》以歷史方法探討六朝城市不同,也提供本文另一種視野。

方志等文獻除了有助於本文想像金陵的地域空間性,從關於金陵的方志也可發現形塑或偏重了王安石於金陵某一部份的生活經驗,元《至正金陵新志》的人物志將王安石入於耆舊,〔註23〕劉知幾《史通‧雜述》云:「汝潁奇士,江漢英靈,人物所生,載光郡國,故鄉人學者,編而記之;若圈稱〈陳留耆舊〉、周裴〈汝南先賢〉、陳壽〈益都耆舊〉、虞預〈會稽典錄〉;此之謂郡書者也。」〔註24〕雜述即史流之雜著,能與正史參行,劉知幾分為十類,郡書為其一,郡書「矜其鄉賢,美其邦族」,〔註25〕是記載鄉邦舊德之書如圈稱〈陳留耆舊傳〉等,東漢時便有耆舊傳,如〈三輔耆舊傳〉(佚名)、〈京兆耆舊傳〉(佚名),而方志將耆舊用作篇目名,一般與一方賢宰、牧守、進士、舉人、義民、僧道、釋仙等並列,〔註26〕《至正金陵新志》將王安石入於耆舊,認為王安石為金陵一地德高望重之士,也就有矜其鄉賢之

〔註23〕張鉉:《至正金陵新志》,卷十三,頁2091。
〔註24〕〔唐〕劉知幾著;白玉崢校點:《史通通釋》(台北:藝文印書館,1978年),卷十,頁248。
〔註25〕劉知幾:《史通通釋》,卷十,頁249。
〔註26〕見黃葦:《中國地方志辭典》,頁470。

意，基本上已強化王安石與金陵的人地關係，清代《〔嘉慶〕新修江寧府志》則將王安石入於流寓，其解流寓云：「郡縣志紀流寓，所以別土著，重名賢也……又江寧自東晉渡江，士大夫之在南者，無非流寓也。」〔註27〕方志將人物分爲流寓一門是指離開本地，流至他鄉，而僑居異地者，〔註28〕二志敘及王安石移居金陵始末，於金陵的游宦經驗，及告老後的狀況，在簡約的史筆之外，強調其遷移與晚年居處的經驗，於是方志中關於王安石的記載使其形象更形豐腴、立體，王安石入於耆舊與流寓則點出了安石從隨宦遷移至於金陵安身立命、融入地方的過程，此過程藉由王安石金陵詩便可看見清晰的脈絡。

同時，地無法與人截然劃分，方志將歷代文人的詩、文、序、記……等羅列於一地之下，或如方志的文藝志按朝代羅列詩人題詠，所錄諸人詩作皆係吟詠本地景觀，此即文化地景的人文意涵所生成、積累的一個序列，因之想像某地也會想像某人或者群體，最終，想像地方仍會返身至人之主體，於是方志中的王安石形象或膽錄的王安石作品即形成了躍動的存在樣貌，它不只是王安石曾佔據了一處空間，也是佔據了當後人遊歷、記憶、想像金陵時一層屬於王安石自己的位置，因而自王安石金陵詩與金陵相依融洽的面貌，深掘出金陵的空間性而與金陵詩作綜合討論即是本文的研究動機，這也是試圖從其他角度理解其作，而王安石金陵詩的內容及其與金陵的人地關係也使得本文的研究動機有發展的可能性。

二、研究方法

王安石與金陵多層次的互動，除了藉方志等文獻想像金陵的地域空間性，王安石的書寫金陵才是使金陵成爲屬於王安石個人意義的空間，故而王安石的詩文作品是感受其與金陵多層次互動的主要文本，而不是將王安石金陵詩強行納入方志等文獻所形成的世界，依此才再

〔註27〕呂燕昭、姚鼐：《〔嘉慶〕新修江寧府志》，卷四十二，頁557。
〔註28〕見黃葦：《中國地方志辭典》，頁474。

旁及他人詩文、歷代方志、詩話與筆記等以想像金陵的空間氛圍。

　　空間的要素是本文研究的動機與行文的脈絡，但本文不在做地理學的研究，仍是以王安石爲研究核心。當代地域空間與文學研究的勃發注重由地理空間的視角觀照文學現象，本文也藉著前人豐碩的研究成果以思考本論題中地域、立體的因素，李浩在〈地域空間與文學的古今演變〉曾就中國文學古今演變中的地域空間因素作幾方面的闡述，首先地域空間表現在中國文學作品中具有貫穿性，不同時期的作者會在同樣的地域空間中生存并創作，此外不同時期的作者或作品對同一空間景觀不斷進行描述、表現，從而形成序列，再者地域空間的假定性給文學演變增添了參照物與見證人，此假定性也暗示了空間因素的不變之變，而地域空間的制約性表現在自然地理、人文地理環境與人類的經濟、社會文化活動具有相關性，地域空間的差別性則使得文學表現出濃厚的地域色彩，但對應此差別性，地域空間的矛盾性也不斷的解構地域性，因爲作品雖保留著地域性，經由作家遷徙、作品傳播、作者對形式與體裁的選擇使地域的差別性產生流動，甚而融合。〔註29〕周建軍在《唐代荊楚本土詩歌與流寓詩歌研究》以「江漢、湘中爲核心，北接故秦，南至袁州、郴州，西連巴東，東至夏口的楚文化典型的廣大地區」爲範圍，探討籍貫於此一地區的唐人詩歌（本土詩歌），與曾流貶、爲官、漫游、寓居或過道逗留於此地域的詩人所創作的詩歌（流寓詩歌），〔註30〕便是以地域空間的要素審視文學現象，而本文在閱讀王安石詩與方志的過程也感受到地域空間表現在文學作品中的貫穿性，王安石金陵詩不單是專屬於自身的文本，當王安石金陵詩置放於地理空間的脈絡上，作品產生了相互指涉的群體，不論是因作者有意識的與古對話或者讀者的想像跳動於閱讀某作品

〔註29〕　可參李浩：〈地域空間與文學的古今演變〉，薛天緯、朱玉麒主編：《中國文學與地域風情》（北京：學苑出版社，2005 年），頁 2～4。

〔註30〕　可參周建軍：〈緒論〉，《唐代荊楚本土詩歌與流寓詩歌研究》（北京：中國社會科學出版社，2006 年），頁 11。

時進而懷想他人之作。

　　空間的要素在人文主義地理學思想的詮釋下更強調我向性、多樣性與感悟性，〔註31〕人類並不只是機械地適應世界，每一主體都有其感受世界的方式，鄭毓瑜在《文本風景：自我與空間的相互定義》援引人文主義地理學思想進行研究，試著將常被視爲聊備一格的「背景」或「環境」，重新詮釋爲交涉、協調的開放場域，〔註32〕交涉、協調的字義帶有鮮明的互動與彼此關涉，因之建康城便是流動的關係場域，〔註33〕至於本文也不將金陵視爲背景，人與地方的互動具有更深刻的意義與豐富的肌理，人文主義地理學思想掘發了這部份體驗。

　　1970 年代初期地理學興起了人本主義研究取向（humanistic approaches），段義孚則以「人文主義地理學」一詞使此研究取向有一正式統一的名稱，〔註34〕段義孚詮釋「空間」（space）與「地方」（place）時常以兩者相互定義，段義孚認爲空間是直接經驗到因運動而產生的空間，此抽象的空間對主體而言既陌生也缺乏特徵，故而冰冷的空間使人們深感不確定，地方則令人熟悉與充滿意義，意義爲主體所創造，主體參與創造的過程便確立了地方的眞實性與價值，因而地方使

〔註31〕周尚意認爲人文主義地理學思想的三個特點爲我向性思維、情感的多樣性、感悟性，這也可用來説明此思想對於空間等的詮釋方式，可參周尚意：〈序言〉，《逃避主義》（台北：立緒文化，2006 年），頁10～11。

〔註32〕可參鄭毓瑜：〈導言・抒情自我的詮釋脈絡〉，《文本風景：自我與空間的相互定義》（台北：麥田出版，2005 年），頁 16。

〔註33〕建康城作爲流動的關係場域，可參鄭毓瑜：〈名士與都城——東晉「建康」論述〉、〈市井與圍城——南朝「建康」宮廷文化之一側面〉，《文本風景：自我與空間的相互定義》，頁 33～74、頁 75～132。

〔註34〕1976 年 6 月號《美國地理學者協會期刊》（Annals of the Association of American Geographers）上刊載了華裔美籍地理學者段義孚（Yi～fu Tuan, b.1930）的一篇討論地理學人文主義內涵的文章，此論文標題即「人文主義地理學」，其後經廣泛引用，成爲地理學中人本主義研究取向的一個正式統一的名詞，可參保羅・科拉法樂（Paul CLAVAL）原著；鄭勝華等譯：《地理學思想史》（台北：五南，2005 年），頁167～170。

主體感覺安適，〔註35〕當主體創造了意義及特徵，感受到確定、認肯，便有使空間轉變成地方的可能，空間與地方對主體而言並不是凝固不變，地方感便來自於人類對於地方具有主觀與情感上的依附，依附之情便是由主體所生發。段義孚的核心概念是「家」，〔註36〕其提到「地方」，常引用「家」的意象，但「家」並不侷限於家屋，凡能令主體感受安定與永恆等，對主體而言便是「家」，是護育基本需要的地方，那麼透過人文主義地理學的角度幫助我們思考王安石與金陵的人地關係，金陵之於安石也是像家一般的地方，是自我與私人記憶馳騁的所在，令其深感熟悉、感受安定，加斯東・巴舍拉（Gaston Bachelard）的《空間詩學》想像「家」是充滿私密經驗的地窖、閣樓，與隱秘的抽屜⋯⋯「在家」實已超越了幾何學的空間，擁有縱深的私密價值與遼闊的宇宙感，〔註37〕王安石金陵詩可能也有一套屬於中國傳統與私人的，想像金陵如家一般的地方的方式。

　　以區域與文學及人文主義地理學思想為進路重在詮釋王安石金陵詩裡幽微的情感，本文先以王安石金陵詩地名出現的頻率統計為切入方法，〔註38〕統計雖為數量上的現象，與詩文參照的過程，可見某地於王安石主觀想像所透顯的感覺，此即王安石對某地的詮釋，某地名的使用與頻率連繫至詩題、詩文可能反映了王安石於現實中的活動，便依據詩作考察王安石晚年遊蹤與於金陵的移動路線，至於某地名（地景）〔註39〕本身因王安石書寫所反映的心靈的深廣，及與其他

〔註35〕可參 Yi-Fu Tuan 著；潘桂成譯：《經驗透視中的空間和地方》（台北：國立編譯館，1998 年），頁 10、15、68、193。段義孚：《逃避主義》，頁 195。

〔註36〕見 Tim Cresswell：《地方：記憶、想像與認同》（台北：群學，2006 年），頁 175。

〔註37〕可參加斯東・巴舍拉（Gaston Bachelard）著；龔卓軍、王靜慧譯：《空間詩學》（台北：張老師文化，2003 年）

〔註38〕可參本文附錄，表一至表二，頁 139～149。

〔註39〕《地方：記憶、想像與認同》解釋地景云：「地景是指我們可以從某個地點觀看的局部地球表面。地景結合了局部陸地的有形地勢（可

地名（地景）所形成的關係網絡，對王安石而言便可能是安頓寧靜的地方，充盈著主體的價值體系，〔註40〕最後，再依據金陵詩裡曾出現的地名與方志相對照求得位置，〔註41〕然世易時移、地理變遷等原因，地景位置僅能求其彷彿，方志等文獻即便是同時代的著作也常有同一地名但記載的里數如某地距城幾里之不盡相同，故有難以完全客觀的局限。

三、金陵詩的意義與範圍

王安石未曾將己之部份詩作稱爲金陵詩，而是前人以金陵或金陵境內地名論述王安石或其作品的過程中漸次形成的概念，隨著此概念的愈形清晰，使得王安石詩能被更全面的認識。

王安石早歲緣父王益之命定居江寧，金陵爲江寧的古邑名，後王安石三任江寧府尹，英宗治平年間以後王安石不復返回祖籍地撫州臨川，晚歲則築園於江寧府上元縣，故有云金陵爲王安石第二故鄉，與荊公、舒王、介甫、臨川……等皆可用以指稱其人，於是本爲行政區域的地名——金陵在用以稱呼王安石時便蘊含了主體曾停居逗留某地之意：

> 金陵亦非常人，其操行與老先生略同，先生呼溫公則曰老
> 先生，呼荊公則曰金陵……〔註42〕

劉安世爲司馬光門生，劉安世稱呼司馬光爲老先生，稱呼王安石則曰

以觀看的事物）和視野觀念（觀看的方式）。地景是個強烈的視覺觀念。在大部份地景定義中，觀者位居地景之外。」頁 19～20。地名在本文強調的是用語言文字以認識與表達，地景則著重於視覺觀念，故而如「鍾山」即包含地名、地景的層面。

〔註40〕段義孚云：「所謂『空間』，是一具面積性和體積性的幾何單元，是可以量度的精確的『量』，絕不含糊……封閉的空間和人文性的空間稱爲『地方』。地方與空間在這裏的不同點，地方建立了價值體系寧靜的中心，人類需要『開放的空間』，也需要『安頓寧靜的地方』，二者皆不可缺。」見《經驗透視中的空間和地方》，頁 47、49。

〔註41〕可參本文附錄，表三至表五，頁 149～155。

〔註42〕〔明〕王崇慶：《元城語錄解》（臺北：藝文印書館，百部叢書集成，1967 年），惜陰軒叢書七，卷上，頁 3。

金陵，在這項以地名稱呼某人的行為中，包含了某人曾停居逗留某地的意義指向，另有以金陵或其境內地名來指稱王安石的晚年詩：

> 東坡海南詩，荊公鍾山詩，超然邁倫，能追逐李杜陶謝。（《彥周詩話》）〔註43〕

> 荊公定林後詩，精深華妙，非少作之比。（《漫叟詩話》）〔註44〕

《彥周詩話》將王安石鍾山詩與蘇軾海南詩並舉，鍾山（又名北山、蔣山、紫金山）位於金陵境內，「鍾山詩」即是指王安石晚年詩，《漫叟詩話》則用「定林後詩」指稱王安石晚年詩作，下定林院位於鍾山，是王安石晚年讀書著述處，皆是用地名而不用暮年、晚年來劃分王安石的詩歌創作期，葉夢德云：「王荊公少以意氣自許，故詩語惟其所向，不復更為涵蓄……晚年始盡深婉不迫之趣……」（《石林詩話》），〔註45〕葉夢得即是用少年、晚年劃分王安石詩作，其少年所作不復涵蓄，晚年之作則深婉不迫，此外，荊公鍾山詩、荊公定林後詩、葉夢得的晚期說應與《滄浪詩話》所提出的「王荊公體」一併來理解，嚴羽在《滄浪詩話‧詩體》中以人而論的北宋詩詩體共有五種，分別為東坡體、山谷體、後山體、王荊公體、邵康節體，於王荊公體下云：「公絕句最高，其得意處高出蘇、黃、陳之上。」〔註46〕嚴羽提出的王荊公體主要是注目於王安石的晚期絕句，王荊公體的風格特徵是新奇工巧，又含蓄深婉，〔註47〕要之，「鍾山」詩、「定林後」詩所指乃王安石詩創作歷程中一明確的時段即晚年，與葉夢得將王安石詩別晚年為一期相彷彿，只是使用的名稱略為不同。

　　至《客座贅語》等以金陵詩或金陵歌詩論王安石詩的某一部份作

〔註43〕〔清〕何文煥訂：《歷代詩話》（台北：藝文印書館，1991 年），頁 224。

〔註44〕〔宋〕魏慶之編：《詩人玉屑》（台北：世界書局，2005 年），頁 374。

〔註45〕何文煥：《歷代詩話》，頁 250。

〔註46〕〔宋〕嚴羽：《滄浪詩話》，見〔明〕稽留山樵撰：《古今詩話》（台北縣：廣文書局，1973 年），頁 82。

〔註47〕可參莫礪鋒：〈論王荊公體〉，《唐宋詩歌論集》（南京：鳳凰出版社，2007 年）

品時，金陵詩的範圍已擴大至其他作家的作品，不專指王安石之作：

> 宋之居此，而賦詠最多且傳者，毋如王荊公。今檢其集中
> 詩題繫金陵地名者，計一百三十六首。〔註48〕

> 宋以來千餘年，言詠金陵歌詩，無能出公右者。〔註49〕

顧起元認爲宋代居於金陵一地者，賦詠之作最多且傳者爲王安石，王安石集中以金陵地名爲題者計有一百三十六首，儼然已是將宋代曾居於金陵的文學家及他們言詠金陵的作品納入比較的對象，至黃濬更直言宋以來千餘年，言詠金陵的歌詩，無人可超越王安石，皆已將金陵詩的含義擴展至更大的範疇。

劉正忠《王荊公金陵詩研究》所指的「金陵詩」傾向於王安石再罷相定居金陵以後的所有作品，即以「金陵詩」爲題，可具體界定「荊公暮年詩歌」的範圍，〔註50〕用法趨近彥周、漫叟，也注意到金陵的自然人文景觀都屬絕倫，最能激發詩興，外在環境因素也影響了王安石晚年詩風的發展。〔註51〕綜合以上，當諸家以金陵或境內地名指稱王安石或其詩作，包含了指稱其人、詩創作分期的用法與歌詠金陵的作家群中的一員，及延伸出山水知遇的現象。

故王安石「金陵詩」在本文包含了三個範疇：個人詩歌歷程的範疇、創作場域的範疇、金陵詩歌的範疇。個人詩歌歷程的範疇，此指以金陵或其境內地名言王安石晚年作品，且非少作可比；創作場域的範疇，金陵詩在此強調的是王安石歌詠金陵與其身處金陵創作的作品，就前者，以王安石爲討論對象則又包含了「山水知遇」的現象，就後者，則應考察王安石從早年至晚年的金陵詩，因人的經驗與情感無法強行割裂，未必只能將焦點放在王安石晚年之作，至於王安石身

〔註48〕〔明〕顧起元撰；張惠榮校點：〈半山詩句〉，《客座贅語》（南京：鳳凰出版社，2005 年），卷九，頁 312。

〔註49〕黃濬撰：〈荊公墓〉，《花隨人聖庵摭憶》（山西：山西古籍出版社，1999 年），頁 92。

〔註50〕可參劉正忠：《王荊公金陵詩研究》，頁 4～5。

〔註51〕可參劉正忠：《王荊公金陵詩研究》，頁 35。

處金陵但言詠他地之作，則不在本文「金陵詩」的範圍中；金陵詩歌的範疇，王安石的金陵詩是金陵文學的一部份，金陵詩歌的傳統表現以外，王安石的金陵詩可能開拓了更多元化的內容主題，或因結合個人身世使作品更形深刻，同時，王安石個人詩歌歷程的範疇與金陵詩歌的範疇之結合則代表，王安石晚年詩歌是個人詩歌歷程的成就也是金陵文學的焦點。故本文使用金陵詩的意義，在空間上是以金陵一地為主，時間上，雖著重於王安石熙寧九年以後的金陵詩，但熙寧九年王安石罷相以前曾歌詠金陵的作品，或於金陵創作的詩作，皆是王安石金陵詩的一部份，也是本文研究的對象。

第二章　地方感的形成

第一節　文本中的金陵

　　金陵自六朝以來成爲文人喜愛書寫的對象，文人眼中的金陵不只與前代記憶糾纏牽連，也影響了後人記憶金陵的方式，南朝梁沈約、唐代李白與劉禹錫、南唐李後主及徐鉉，與北宋諸人的書寫彷彿刻鏤於地景之中永遠留存，至王安石，這個城市與時俱增的文本的風景似乎也在呼喚著他的遞進，於是書寫的行動使作者再次領味地方，將作者對地方的依附之情深刻地凝結，那麼作者意識到了他是眞正的與地方產生了關係，便似乎對人與地之間的連結有了永不磨滅的信心。

　　沈約（441～513）是齊梁之際著名的文學家和史學家，其對築居在金陵鍾山的東田小園有份深厚的情感，晚年常書寫東田小園的景緻，《梁書·沈約傳》云：「約性不飲酒，少嗜欲，雖時遇隆重，而居處儉素。立宅東田，矚望郊阜。」〔註1〕梁武帝天監六年（507）沈約六十七歲在金陵鍾山下的東田構築閣齋，宋孝武帝大明四年（460）沈約二十歲時所作〈鍾山詩應西陽王教〉五章，其一云：「北阜何其

〔註 1〕〔唐〕姚思廉：《梁書》（北京：中華書局，1973 年），卷十三，頁236。

峻，林薄杳蔥青。」其二云：「勢隨九疑高，氣與三山壯。」其三云：
「即事既多美，臨眺殊復奇……山中咸可悅，賞逐四時移。」〔註2〕
北阜即指鍾山，鍾山山勢高峻，於山中臨眺，景緻殊奇，遊賞山中皆
可悅可愛，年輕時的沈約便對鍾山的地理環境與氛圍極盡嚮往，晚年
遂於鍾山下建東田小園，沈約六十七歲時的作品〈郊居賦〉〔註3〕書
寫了築居過程與園內景況，賦之開首云：「披東郊之寥廓，入蓬藋之
荒茫。既從豎而橫構，亦風除而雨攘……不慕權于城市，豈邀名于屠
肆。詠希微以考室，幸風霜之可庇。」對築園心境與艱難作了交代，
從其賦中可見東田小園的景緻，〈郊居賦〉：「紫蓮夜開，紅荷曉舒，
輕風微動，其芳襲余。風騷屑於園樹，月籠連於池竹。」東田有池或
湖，並水草陸卉，兼而有之，雜卉花木不僅可遊賞悅性，點綴園景，
並可襯托房宇的曲折幽深，除此沈約在東田小園命工書人將王筠的
〈草木十詠〉、何思澄遊廬山詩、劉杳的贊、劉顯〈上朝詩〉書之於
壁作為裝飾，顯見了興建者高尚的趣味。〔註4〕除了〈郊居賦〉，沈約
詩也提及生活於東園的情形：

> 陳王鬥雞道，安仁採樵路。東鄰豈異昔，聊可閒餘步。野徑
> 既盤紆，荒阡亦交互。槿籬疏復密，荊扉新且故。樹頂鳴風
> 飆，草根積霜露。驚麏去不息，征鳥時相顧。茅棟嘯愁鴟，
> 平岡走寒兔。夕陽帶曾阜，長煙引輕素。飛光忽我遒，寧止
> 歲雲暮。若蒙西山藥，頹齡儻能度。（〈宿東園〉）〔註5〕

> 寒瓜方臥壟，秋菰亦滿陂。紫茄紛爛熳，綠芋鬱參差。初
> 菘向堪把，時韭日離離。高梨有繁實，何減萬年枝。荒渠
> 集野雁，安用昆明池。（〈行園〉）〔註6〕

〔註2〕〔南朝梁〕沈約著；陳慶元校箋：《沈約集校箋》（浙江：浙江古籍
　　　出版社，1995年），卷十，頁343。

〔註3〕沈約：〈郊居賦〉，《沈約集校箋》，頁5～10。

〔註4〕參劉淑芬：〈六朝建康的園宅〉，《六朝的城市與社會》（台北：台灣
　　　學生書局，1992年），頁111～134。

〔註5〕沈約：《沈約集校箋》，卷十，頁369。

〔註6〕沈約：《沈約集校箋》，卷十，頁370。

郭外三十畝，欲以貿朝饘。繁蔬既綺布，密果亦星懸。(〈憩
郊園和約法師採藥〉)〔註7〕

東園、郊園指的皆是東田小園，東園周遭乃鍾山靜謐的自然景緻，園
內則滿佈雜卉的花木果樹：爛漫的紫茄、參差的綠芋等繁蔬密果包圍
下，是宜於養老之地，這座因「不慕權于城市，豈邀名于屠肆」所構
築的郊居齋閣即沈約晚年安身立命之地。

南朝建康都城與自然地理關係示意圖

引用自《南京城市地理變遷及現代景觀》

到了唐代，詩人對金陵有一份幽微的情感，張潤靜的〈唐代詩人
的金陵情結〉分析了此情感形成的原因，金陵具有悠久的名都地位，

〔註7〕沈約：《沈約集校箋》，卷十，頁439。

又具備優越的地理條件與深厚的人文積累，金陵的歷史卻幾經更迭，
滄海桑田，因此詩人吟詠金陵常顯露傷悼之情，而金陵懷古詩的基本
主題便包含了緬懷昔日風流、感慨今日淒涼，對朝代更迭、盛衰無常
的喟嘆，與對人事興廢的思索與總結，[註8]李白（701～762）是對
於金陵有著豐富情感的唐代詩人之一，李白詩中曾提及的金陵地名如
三山、鍾山、石頭山、白鷺洲、朱雀門、瓦官閣、孫楚酒樓、景陽井、
鳳凰臺、白楊十字巷、新亭、勞勞亭、白下亭、王處士水亭，[註9]
綜觀李白書寫金陵的作品，除包含詠史懷古，它如遊歷金陵之作，並
不時透顯耽於酒樂的風姿，與對別離之情的感傷，甚而是於濃厚的歷
史氛圍的場景，融合了不同書寫的面向：

> 晉家南渡日，此地舊長安。地即帝王宅，山爲龍虎盤。金
> 陵空壯觀，天塹淨波瀾。醉客迴橈去，吳歌且自歡。（〈金陵
> 三首〉其一）

> 地擁金陵勢，城迴江水流。當時百萬戶，夾道起朱樓。亡
> 國生春草，王宮沒古丘。空餘後湖月，波上對瀛洲。（〈金陵
> 三首〉其二）

> 六代興亡國，三杯爲爾歌。苑方秦地少，山似洛陽多。古

〔註 8〕 張潤靜：〈唐代詩人的金陵情結〉，《唐代詠史懷古詩研究》（上海：
上海三聯書店，2009 年），頁 128～145。

〔註 9〕 勞勞亭如李白〈勞勞亭歌〉，〔唐〕李白著；瞿蛻園等校注：《李白集
校注》（台北：里仁書局，1981 年），卷七，頁 513～514，以下依卷
數排列：石頭山與景陽井如〈金陵歌送別范宣〉，卷七，頁 527；朱
雀門與白鷺洲如〈宿白鷺洲寄楊江寧〉，卷十三，頁 851～852；三山
如〈三山望金陵寄殷淑〉，卷十四，頁 889～890；白下亭如〈金陵白
下亭留別〉卷十五，頁 930；孫楚酒樓如〈翫月金陵城西孫楚酒樓達
曙歌吹日晚乘醉著紫綺裘烏紗巾與酒客數人棹歌秦淮往石頭訪崔四
侍御〉，卷十九，頁 1122～1123；瓦官閣與鍾山如〈登瓦官閣〉，卷
二十一，頁 1229～1230；鳳凰臺如〈登金陵鳳凰臺〉，卷二十一，頁
1234；板橋浦〈秋夜板橋浦汎月獨酌懷謝朓〉卷二十二，頁 1302；
白楊十字巷如〈金陵白楊十字巷〉，卷二十二，頁 1310；王處士水亭
如〈題王處士水亭〉，卷二十五，頁 1444；新亭如〈金陵新亭〉，卷
三十，頁 1679。

殿吳花草，深宮晉綺羅。併隨人事滅，東逝與滄波。（〈金陵
三首〉其三）〔註10〕

解我紫綺裘，且換金陵酒。酒來笑復歌，興酣樂事多。水影
弄月色，清光奈愁何！（〈金陵江上遇蓬池隱者〉）〔註11〕

天上何所有？迢迢白玉繩。斜低建章閣，耿耿對金陵……
獨酌板橋浦，古人誰可徵？玄暉難再得，灑酒氣填膺。（〈秋
夜板橋浦汎月獨酌懷謝朓〉）〔註12〕

金陵擁有龍盤虎踞的地理條件，卻幾經更迭，繁華不再，但金陵對李
白而言也可以是耽於酒樂的場所，黃湯下肚，耳熱之際乃興盡而多樂
事，〈秋夜板橋浦汎月獨酌懷謝朓〉中李白則結合懷古與飲酒，在獨
酌中緬懷謝朓，因之李白筆下的金陵亦結合其風姿性情。

中唐最早集中接觸與發掘金陵悲情、傷感內蘊的詩人則為劉禹
錫，劉禹錫（772～842）字夢得，出生於江南（今浙江嘉興市），中
唐著名詩人，有「詩豪」之稱，和唐代許多著名詩人一樣，劉禹錫對
金陵也是情有獨鍾，即便其有關金陵的懷古詩僅有 8 首，〔註13〕卻是
金陵詠史懷古詩中的經典之作，〈金陵五題〉序云：

余少為江南客，而未遊秣陵，嘗有遺恨。後為歷陽守，跂
而望之，適有客以《金陵五題》相示，迺爾生思，欻然有
得。它日，友人白樂天掉頭苦吟，歎賞良久，且曰：「石頭
詩云：『潮打空城寂寞回』，吾知後之詩人不復措詞矣！」

〔註10〕李白：《李白集校注》，卷二十二，頁 1299～1301。李白這一類詠
史懷古之作尚如〈金陵歌送別范宣〉、〈登梅崗望金陵贈族姪高座
寺僧中孚〉，卷二十一，頁 1232、〈月夜金陵懷古〉，卷三十，頁
1696。

〔註11〕李白：《李白集校注》，卷二十三，頁 1343。透顯其酒樂之風姿的作
品如〈翫月金陵城西孫楚酒樓達曙歌吹日晚乘醉著紫綺裘烏紗巾與
酒客數人棹歌秦淮往石頭訪崔四侍御〉、〈題金陵王處士水亭〉。

〔註12〕李白結合懷古與送別的作品如〈留別金陵諸公〉，《李白集校注》，卷
十五，頁 926。結合懷古與飲酒的作品如〈金陵鳳凰臺置酒〉。

〔註13〕此八首分別為〈金陵懷古〉、〈西塞山懷古〉、〈金陵五題〉、〈臺城懷
古〉，可參〔唐〕劉禹錫撰：高志忠校注：《劉禹錫詩編年校注》（哈
爾濱：黑龍江人民出版社，2005 年）

餘四詠雖不及此，亦不孤樂天之言爾。〔註14〕

劉禹錫明言雖爲江南客，卻從未遊歷過金陵而有遺恨，任歷陽守時，有客以他人所作之〈金陵五題〉相示，劉禹錫便以之爲靈感，「逌爾生思，欻然有得」，寫下了雖未曾到過金陵，卻成爲經典的〈金陵五題〉：

> 山圍故國周遭在，潮打空城寂寞回。淮水東邊舊時月，夜深還過女牆來。(〈石頭城〉)

> 朱雀橋邊野草花，烏衣巷口夕陽斜。舊來王謝堂前燕，飛入尋常百姓家。(〈烏衣巷〉)

> 臺城六代競豪華，結綺臨春事最奢。萬戶千門成野草，只緣一曲《後庭花》。(〈臺城〉)

> 生公說法鬼神聽，身後空堂夜不扃。高坐寂寥塵漠漠，一方明月可中庭。(〈生公講堂〉)

> 南朝詞臣北朝客，歸來唯見秦淮碧。池臺竹樹三畝餘，至今人道江家宅。(〈江令宅〉) 〔註15〕

此組詩作於寶歷年間劉禹錫和州刺史任上（825～826），是一組藉金陵古跡，抒興亡感慨的詩篇，類似於此意中虛景，即尚未到過金陵而全憑想像創作的詩作，尚如〈西塞山懷古〉：「西晉樓船下益州，金陵王氣漠然收。千尋鐵鎖沉江底，一片降幡出石頭。人世幾回傷往事，山形依舊枕寒流。今逢四海爲家日，故壘蕭蕭蘆荻秋。」〔註16〕與〈臺城懷古〉：「清江悠悠王氣沉，六朝遺事何處尋？宮牆隱嶙圍野澤，鸛鵒夜鳴秋色深。」〔註17〕皆是於今昔、盛衰的對照中所表現的濃重的悲涼之感。寶歷二年（826）劉禹錫之〈罷和州遊建康〉云：「秋水清無力，寒山暮多思。官閑不計程，偏上南朝寺。」〔註18〕是年冬，劉

〔註14〕劉禹錫：《劉禹錫詩編年校注》，冊一，卷四，頁456。
〔註15〕劉禹錫：《劉禹錫詩編年校注》，冊一，卷四，頁456～458。
〔註16〕劉禹錫：《劉禹錫詩編年校注》，冊一，卷四，頁369。
〔註17〕劉禹錫：《劉禹錫詩編年校注》，冊二，卷五，頁644。
〔註18〕劉禹錫：《劉禹錫詩編年校注》，冊四，卷一八，頁2454。

禹錫長達二十二年（805～826）的貶謫生涯終告結束，劉禹錫奉召卸
任回洛陽，返洛之前，一償宿願，暢游金陵，〈金陵懷古〉〔註19〕便
作於此時：

> 潮滿冶城渚，日斜征虜亭。蔡洲新草綠，幕府舊煙青。興
> 廢由人事，山川空地形。《後庭花》一曲，幽怨不堪聽。

詩人傷悼之情，一方面是金陵特有的審美與意義指向所引發，另一方
面正因安史之亂所造成的社會災難給士人留下的心理烙印的不經意
的流露，而劉禹錫金陵懷古詩的獨特處是將歷史、文學的金陵濃縮在
種種地名之中，使得石頭城、臺城、烏衣巷等地名染上更為抑鬱傷感
的色彩，也是金陵文學形成過程中的一位關鍵的詩人，〔註20〕經唐代
詩人的書寫，金陵遂成為一座永恆的衰朽的故都。

　　距王安石不遠的南唐時代，南唐自烈祖李昪（888～943）於後晉
天福二年（937）代吳（902～937）自立，到宋太祖開寶八年（975）
十一月亡國，其間共經三主：烈祖（937～943）、中主（943～961），
和後主（961～975），享國三十九年，南唐時據金陵為都，稱江寧府，
此時金陵地區於亂中求安，生產發展，經濟繁榮，江寧府城亦為一代
雄偉之都，《景定建康志》云：「六朝舊城在北，去秦淮五里……至楊
溥時徐溫改築，稍遷近南，夾淮帶江，以盡地利。」〔註21〕烈祖李昪
代吳（902～937）自立以後，以吳時楊溥所營都城為基礎，幾經營造
的江寧府城，位置比六朝建康都城偏南，以秦淮河地區為中心擴建而
成，前倚雨花台，後枕雞籠山，東望鍾山，西帶冶城、石頭城，周圍
三十五里。

〔註19〕劉禹錫：《劉禹錫詩編年校注》，冊一，卷二，頁224。
〔註20〕可參胡阿祥：〈金陵懷古與其中的地名意境──以唐人劉禹錫的詩為
　　　　例〉，《魏晉本土文學地理研究》（南京：南京大學出版社，2003年），
　　　　頁176～183。
〔註21〕〔宋〕周應合：《景定建康志》，（台北：成文出版社，據清嘉慶六年
　　　　刊本影印，1983年），卷二十，頁988。

南唐江寧府圖

引用自《金陵古跡圖考》

南唐的金陵一度是安定與富庶之地，後主李煜時國勢轉而衰敗，在位十五年採取忍辱偷生的態度對待北方的宋朝，至宋太祖開寶八年（975）南唐亡，開寶九年（976）正月，後主與后妃、宗室及降臣共四十五人抵汴京，宋太宗太平興國三年（978）七月七日，太宗遣人祝賀後主四十二歲生日、賜酒，次日，後主薨。身在汴京的李後主，記憶中的金陵是與國破家亡的情境相互纏繞：

> 四十年來家國，三千里地山河。鳳閣龍樓連霄漢，玉樹瓊枝作煙蘿。幾曾識干戈？一旦歸爲臣虜，沈腰潘鬢消磨。最是倉皇辭廟日，教坊猶奏別離歌，揮淚對宮娥。（〈破陣子〉）〔註22〕

> 閒夢遠，南國正芳春，船上管絃江面綠，滿城飛絮混輕塵，

〔註22〕蔣勵材：《李後主詞傳總集》（台北：國立編譯館，1978年），頁130。

忙殺看花人。(〈望江南〉)〔註23〕

後主以宮闕之雄、林木之盛——「鳳閣龍樓連霄漢,玉樹瓊枝作煙蘿。」
暗指過去豪華甜蜜的生活,故而何曾識得干戈?直至倉皇辭廟揮淚別
娥,產生了生活的巨變,往後的日子便只能在日漸削瘦的沈腰與日益
花白的潘鬢中消磨了。這種對於過去美好的嚮往也顯現於〈望江南〉,
夢中江南的春景,一江綠水盪著遊船,歌管之聲不絕於耳,香車寶馬
如織,花絮飛滿一城,可想見都城人士春日遊樂之盛,後主〈望江南〉
云:「還似舊時遊上苑,車如流水馬如龍,花月正春風!」〔註24〕夢
中春遊之樂,車馬之盛,及花月之美,似乎一如舊時,後主的金陵記
憶正與其悲苦禁閉的汴京生涯形成對比。

　　南唐舊臣徐鉉的《騎省集》是了解南唐、評析後主李煜的重要
文獻,其〈吳王隴西公墓誌銘〉〔註25〕認為李後主施周公仁政,以
王道治國,始終如一,對於南唐亡國的歷史自有評價,而徐鉉之詩
也帶有反映明哲保身與行樂氣氛,至目睹社會衰委所引發的憂傷情
緒的轉變,〔註26〕〈宿蔣帝廟明日遊山南諸寺〉云:「便返城闉尚
未甘,更從山北到山南。花枝似雪春雛半,桂魄如眉日始三。松蓋
遮門寒黯黯,柳絲妨路翠毿毿。登臨莫怪偏留戀,游宦多年事事諳。」
〔註27〕徐鉉留戀鍾山美景而不忍去,自山北遊至山南才能滿足遊
興,〈春盡日游後湖贈劉起居〉:「今朝湖上送春歸,萬頃澄波照白
髭。」〔註28〕則為春末遊後湖即玄武湖所見,但伴隨南唐國勢愈益

〔註23〕蔣勵材:《李後主詞傳總集》,頁 132。
〔註24〕蔣勵材:《李後主詞傳總集》,頁 133。
〔註25〕〔五代〕徐鉉:《騎省集》(台北:台灣中華書局,據宋明州本校刊,
　　　　1971 年),卷二十九,頁 1~2。
〔註26〕何劍明認為南唐詩歌的主要內容為與僧道交往,其次乃明哲保身,
　　　　傳達濃厚的及時行樂思想,以及反映休養生息帶來的繁榮景象或社
　　　　會衰萎引發的憂傷情緒,可參何劍明:《沉浮:一江春水——李氏南
　　　　唐國史論稿》(南京:南京大學出版社,2007 年),頁 340~341。
〔註27〕徐鉉:《騎省集》,卷一,頁 5。
〔註28〕徐鉉:《騎省集》,卷五,頁 9。

岌岌可危，徐鉉面對盛時不再，外患襲來，已非行樂與無憂的思想
能排解目睹國變時的傷情：

> 海內兵方起，離筵淚易垂。(〈送王四十五歸東都〉) 〔註29〕
>
> 酌酒圍爐久，愁襟默自增。長年逢歲暮，多病見兵興。(〈和
> 明上人除夜見寄〉) 〔註30〕

此時僅能用「默」與「淚」表達國勢欲墜的惆悵，徐鉉的〈景陽臺懷
古〉云：「後主亡家不悔，江南異代長春。今日景陽臺上，閑人何用
傷神。」〔註31〕南朝陳已然消泯，江山易主，徐鉉雖云陳後主叔寶不
悔，實則有悔，鉉雖自比為閑人，無須為此傷神，卻將來自於歷史代
換的憂傷暗暗地隱埋起來。

南京歷代都城相互關係圖

引用自《南京城市地理變遷及現代景觀》

〔註29〕徐鉉：《騎省集》，卷三，頁10。

〔註30〕徐鉉：《騎省集》，卷四，頁1。

〔註31〕徐鉉：《騎省集》，卷一，頁1。

　　歷經五代戰亂，趙宋一統天下，北宋江寧府府治仍沿南唐宮城之舊位於城郭之內：「南唐宮，即皇朝舊府治。」﹝註32﹞又《〔嘉慶〕新修江寧府志》云：「宋建康府城，即南唐都城府治，即南唐宮城。」﹝註33﹞宋初的金陵恍如梁末候景之亂、隋蕩平陳以後亟待重整，歐陽修（1007～1072）〈有美堂記〉云：「若乃四方之所聚，百貨之所交，物盛人眾，為一都會，而又能兼有山水之美以資富貴之娛者，惟金陵錢塘，然二邦皆僭竊於亂世。聖宋受命，海內為一，金陵以後服見誅，今其江山雖在，而頹垣廢址，荒煙野草，過而覽者莫不為之躊躇而悽愴。」﹝註34﹞歐陽修從神州一隅的視野，描述了宋初一統後頹敝的金陵，過而覽者仍為之躊躇悽愴，但隨著城市的休養生息、戶口滋繁，金陵仍躍升為當時東南地區最大的城市，陳振云：「江寧（建康）在北宋時，除少量駐軍外，慶歷七年（1047）時的常住戶口是『戶逾二萬』，是當時東南地區的最大城市，差不多同時的杭州還只是『參差一萬人家』……按每戶平均 5.2 人，北宋中期有普通居民十萬多人。」﹝註35﹞因之詩人開始用愉悅的眼光看待這座新生的城市，如蘇轍（1039～1112）〈初至金陵〉：「山光過雨曉光浮，初看江南第一州。路繞匡廬更南去，懸知是處可忘憂。」﹝註36﹞、張耒（1054～1114）〈懷金陵三首〉之三：「曾作金陵爛漫遊，北歸塵土變衣裘。芰荷聲裏孤舟雨，臥入江南第一州。」﹝註37﹞金陵的山水具有可供閒覽的存

﹝註32﹞周應合：《景定建康志》，卷二十一，頁 997。
﹝註33﹞〔清〕呂燕昭、姚鼐：《〔嘉慶〕新修江寧府治》（上海，上海古籍出版社，據清嘉慶十六年刻本影印，1995 年），卷八，頁 101。
﹝註34﹞楊家駱主編：《歐陽修全集》（台北：世界書局，1991 年），上冊，居士集卷四十，頁 280～281。
﹝註35﹞陳振：〈宋代江寧（建康）的社會經濟〉，《宋代社會政治論稿》（上海：上海人民出版社，2007），頁 214。
﹝註36﹞〔宋〕蘇轍著；陳宏天、高秀方點校：《蘇轍集》（北京：中華書局，1999 年），冊一，卷九，頁 174。
﹝註37﹞〔宋〕張耒撰；李逸安等點校：《張耒集》（北京：中華書局，2000 年），上冊，卷二十八，頁 496。

在價值，江南第一州的稱呼不只是因龍盤虎踞、勢擁天塹等優越的地理條件，也可以因山水的靈秀與柔美而得來的美稱，同時，金陵山水也暫時從雄豪的地理條件與分土弱國的對應關係中解脫出來，還以山水秀麗之姿。

第二節　王安石熙寧九年以前的金陵經驗

　　王安石與金陵產生淵源是因其父王益之故，先是王益通判江寧，王安石隨宦至之，後王益卒於官守，子遂家焉，這一因緣便影響了王安石與金陵往後的人地關係。《宋史》云：「王安石字介甫，撫州臨川人……晚居金陵。」〔註38〕又宋陸象山〈荊國王文公祠堂記〉：「公世居臨川，罷政徙於金陵。」〔註39〕皆是指王安石爲江西撫州臨川人，晚年則居於金陵，而王安石祖上世居臨川在其〈先大夫述〉中已有說明：「王氏其先出太原，今爲撫州臨川人，不知始所以徙。」〔註40〕王安石也難以知曉祖上何時從太原遷往臨川，湯江浩斷言：「臨川王氏之遠祖可能自中唐以後自太原南遷，且數代爲平民。既爲南遷之民，又處動亂之世，故流落顛沛，其家族傳承世系已不可知……可以推定王益之曾祖已定居臨川，當無疑義。」〔註41〕即從王安石父王益的曾祖以後便世居臨川，如此，何以王安石罷政以後徙於金陵而不居臨川，則須推源於上文所云王安石父王益之故，初因王安石父王益通判江寧，而安石隨宦至之，〈先大夫述〉云：「丁衛尉府君憂，服除，通判江寧府……寶元二年二月二十三日，以疾棄諸孤官下，享年四十六。」蔡上翔《王荊公年譜考略》仁宗景祐四年（1037）條亦云：「憶

〔註38〕〔元〕脫脫：《宋史》（北京：中華書局，1990年），頁10541、10550。

〔註39〕〔宋〕陸九淵：《陸九淵集》（北京：中華書局，2008年），卷十九，頁234。

〔註40〕〔宋〕王安石：《王臨川文集附沈氏注》（台北：鼎文書局，1979年），卷七十一，頁448。

〔註41〕湯江浩：《北宋臨川王氏家族及文學考論——以王安石爲中心》（北京：人民文學出版社，博士論文，2005年9月），頁10。

昨詩，明年親作建昌吏，四月挽船江上磯，是年楚公（王益）通判江
寧府，公亦隨宦至江寧也。」〔註42〕到了仁宗寶元二年（1039）王安
石父王益卒於官守：「二月十三日，父益卒，年四十六，蓋生於淳化
五年也。楚官通判江寧，既卒於官，葬於江寧牛首山，子孫遂家焉。」
〔註43〕即仁宗景祐四年王安石十七歲，至仁宗康定元年（1040）王安
石二十歲時曾居於江寧，假使從〈先大夫述〉中推測王益本清官，無
田園以托一日之命，家鄉臨川無田產家業，則其卒於江寧通判，子遂
家焉，似乎是在外作官，攜婦將雛，實不得已的情勢所迫，故就地定
居，而據湯江浩的解釋則是王益有意的為子孫選擇江寧而居，是基於
現實考量，因江寧處商旅交通要地，政治、經濟、文化都較臨川發達，
較利於仕途進取、安身立命。〔註44〕

　　王安石因父親王益之故少年時代家於金陵至王安石罷政以後仍
擇居於此，中隔三十九年，〔註45〕三十九年之中王安石的宦遊〔註46〕
以空間言幾於南方做地方官，地方官知他縣前後，王安石常前往祖籍
地臨川省親，但都來去匆匆，不能久留，輔以北方汴京的京官與北使
等職，以時間言，仁宗嘉祐年間以前王安石長處南方，英宗治平年間
以後王安石不復再返臨川，神宗熙寧年間王安石則往來於江寧與汴京
之間，其後王安石子孫便未再返臨川，「是後子孫不知所在，亦不復
聞有歸臨川者。」〔註47〕此外，王安石尚因官職地緣之便，居高郵（屬

〔註42〕〔清〕蔡上翔：《王荊公年譜考略》（上海：上海人民出版社，1974
　　　年），卷一，頁41。

〔註43〕蔡上翔：《王荊公年譜考略》，卷一，頁42。

〔註44〕湯江浩：《北宋臨川王氏家族及文學考論——以王安石為中心》，頁
　　　10～14。

〔註45〕宋仁宗景祐四年（1037）王安石十七歲至宋神宗熙寧九年（1076），
　　　五十六歲第二次罷相期間。

〔註46〕楊宇勛舉宋人詩為例，並言「宋人將官宦生涯稱為宦遊」，見〈政務
　　　與調劑：宋代士大夫休閒遊憩活動初探〉，《南師學報》第38卷第一
　　　期人文與社會類（2004），頁197。

〔註47〕蔡上翔：《王荊公年譜考略》，頁34。

淮南東路），遊廬州（屬淮南西路，近舒州），經蘇、杭、越三州（均屬兩浙路）乃官知鄞縣時往返臨川所經，任江東提典刑獄經信州（屬江南東路），或曾訪曾鞏於南昌（屬江南西路），居外家金谿（屬江南西路）……輾轉各地，然而神宗熙寧九年以後王安石仍擇居金陵，究爲何因？古代士人致仕之日，一般是告老還鄉，落葉歸根，也有官期末任在地定居，如喜愛當地水色山光，樂不思蜀，像歐陽修喜穎州風土，又有西湖之勝，致仕後便定居穎州，未告老還鄉，或客觀上的原因，像經濟問題，欲歸不得，而王安石除最初因王益之故子遂家焉，其罷政後仍擇居金陵是否有情感上的脈絡可尋，此可從王安石在罷政以前即神宗熙寧九年以前對金陵的書寫得到某種解釋，藉由四類經驗與內容的詩作：感慨興亡、對親人的憶念、出入間的思念抒懷、閒適生活的詠調以發現王安石對金陵漸次累積的情感，而此漸次積累的情感便可能影響王安石晚年擇居金陵的意願，這自主的情意之趨向便說明了主體對於某地的接受與認肯，地方爲人所經驗，地方也進入他的世界，構成他生命的部份。

一、感慨興亡

　　金陵地勢險要，龍盤虎踞，自古以來即被認爲有帝王之氣，三國的吳、東晉、南朝的宋、齊、梁、陳，以及南唐均以金陵爲都，以上王朝除了吳主孫權開一代偉業，三分天下以外，其他朝代在政治上幾爲分土之弱國，且更迭頻繁，悲恨相續，「江山之勝」與「江山之變」之間的強烈對比遂引起後人深思，寫下了許多風格各異的金陵懷古詩，「金陵懷古」幾乎成了詠史的一個專題。

　　詠史詩與懷古詩，由於時代的變遷，兩者界線有逐漸模糊的傾向，就歷史發展源流，詠史詩早於懷古詩，就創作緣起來界說，詠史詩是直接由古人古事的材料發端而創作，以讀史、覽史爲觸發媒介，懷古詩則必切時地，須有歷史遺跡或某一地點、地域爲依托，連及吟詠與之有關的歷史題材，而從情志來詮釋，詠史詩多因事興感，撫事

寄概，所寓者多為對歷史人事的見解態度或歷史鑒戒，懷古詩多因景生情，撫迹寄概，所抒者多為今昔盛衰、人事滄桑。〔註48〕王安石的詠史詩如〈孟子〉：「沉魄浮魂不可招，遺編一讀想風標。何妨舉世嫌迂闊，故有斯人慰寂寥。」（46／903）孟子被批為迂闊，王安石推行新政也被批為迂闊不切實際，遂引孟子為知己，抒一己之懷抱，或如〈宰嚭〉：「謀臣本自繫安危，賤妾何能作禍基？但願君王誅宰嚭，不愁宮裡有西施。」（48／956）人皆以西施惑吳王以致國亡，安石則替西施開脫，為之翻案，禍不在美女而在小人，立論精警，至於懷古詩則如〈自金陵至丹陽道中有感〉：

> 數百年來王氣消，難將往事問漁樵。苑方秦地皆蕪沒，山
> 借揚州更寂寥。荒塚暗雞催月曉，空場老雉挾春驕。豪華
> 只有諸陵在，往往黃金出市朝。（39／723）

〈自金陵至丹陽道中有感〉屬懷古詩一類，王安石書寫自金陵至丹陽道中過程之所感，其中牽涉的地名或人文景觀如雞鳴埭、射雉場及帝王之陵墓，而丹陽有吳孫策吳陵、南齊高帝泰安陵、武帝景安陵、明帝興安陵、梁武帝父建陵、梁武帝修陵、梁簡文帝莊陵等眾多陵墓，諸多蕭條的景象，都在渲染「王氣消」之後即六朝政權結束以後，王安石處於當下所感受到周遭的寂寥蕪沒，連漁夫樵父對往事也不得而知，但在改寫前人的詩句中卻召喚了對地方的同情共感，李白〈金陵三首〉其三：「苑方秦地少，山比洛陽多。」〔註49〕劉長卿詩亦云：「金陵已蕪沒，函谷復煙塵。」繁華古帝都的氣象似乎已難以追尋了，這也是唐代詩人對於金陵既有的印象，而王安石則又改寫、傳誦了這一印象。

　　〈自金陵至丹陽道中有感〉表現了歷史的記憶與地方之間所具有的深密的聯繫，是在一實存的空間有一實存的行動，因登臨遊觀、睹

〔註48〕　見賴玉樹：《晚唐五代詠史詩之美學意識》（台北：秀威資訊科技，2005 年），頁 45～50、季明華：《南宋詠史詩研究》（台北：文津出版社，1997 年），頁 11～21。

〔註49〕　李白：《李白集校注》，卷二十二，頁 1302。

物思古而導致對歷史記憶的再闡述,以致更突出了場所的存在感,散發著樸舊的微光,王立討論中國文學的懷古主題時云:「以朝代論,懷古對象多為春秋吳國、六朝、隋代,安史之亂、南唐後蜀等,重在感傷或痛責君主荒淫,從而致使國衰祚亡……以地點論,懷古對象多以帝王曾經建都的地方為傷悼中心,如姑蘇(吳宮)、咸陽、長安(漢宮、渭水)、鄴都、洛陽(北邙山)、金陵(建康)、汴京、臨安(錢塘、西湖)等等;當然也不乏曾經發生過重大歷史事件的地點……再就是歷代帝王與名人的故居、陵墓、祠廟……」〔註50〕懷古詩即表現出歷史記憶與地點更緊密的交接,身臨其境而產生了過去的時空與當下時空的疊影,而身處具有濃厚歷史氛圍的金陵,則更易誘發詩人的懷古之情。

假使不僅僅只討論從經驗或行動所產生的懷古,而將重點置放於記憶的擴延性上,當後世人開始回憶該地點所曾發生過的歷史事件,而發出感嘆,感嘆感懷或形成書寫也會變為後代人回憶的一部份,隨著時間推移,產生一波波新的添加,記憶在此過程便出現了擴延性,宇文所安在〈黍稷和石碑:回憶者與被回憶者〉中便討論了記憶的這一部份,宇文所安舉了羊祜回憶先人,至襄陽百姓為羊祜建碑,杜預命名為「墮淚碑」,後孟郊懷羊祜皆成為後人記憶中相連繫的鎖鏈,成為歷史記憶中的一部份,此即作者於文中所云:「如果後起的時代同時又牽涉在對更早時代的回憶中──面向遺物故跡,兩者同條共貫,那麼,就會出現有趣的疊影。正在對來自過去的典籍和遺物進行反思的、後起時代的回憶者,會在其中發現自己的影子,發現過去的某些人也正在對更遠的過去作反思。這裡有一條回憶的鏈索,把此時的過去與彼時的、更遙遠的過去連接在一起,有時鏈條也向臆想的將來伸展,那時將有回憶者記起我們此時正在回憶過去。當我們發現和紀念生活在過去的回憶者時,不難得出這樣的結論:通過回憶我們自己也成了

〔註50〕王立:《中國古代文學十大主題》(台北:文史哲出版社,1994 年),頁 134。

回憶的對象，成了值得爲後人記起的對象。」〔註51〕而歷代詩人書寫金陵也形成了相連繫的鎖鏈，南齊謝朓〈入朝曲〉云：「江南佳麗地，金陵帝王州。」〔註52〕是經常被後人引用的詩句，用以表達對金陵永恆不變的印象，李白〈贈昇州王使君忠臣〉云：「六代帝王國，三吳佳麗城。」〔註53〕王安石也有「江南佳麗非一日，況乃故國名池臺。」（〈和微之登高齋二首〉之一，9／166），「佳麗」、「王氣」、「帝王州」、「龍盤虎踞」……等對於金陵的描述被後代人反覆改寫、吟詠，但都不脫離原本的中心，永恆不變的印象繼續盤繞甚而凝固，使它之本身無法形成眞正的反思與產生懷想金陵的新的視野，雖然它們也呈顯了記憶的擴延性，王安石「新」的添加，可能更多是來自於諸如英宗治平元年金陵居喪所作〈金陵懷古〉（33／653）四首這一類的作品，能結合北宋的時代情境與個人身世之感，這才將其自共享了「盛衰枯榮」主題的詩人群中，再一次的分離出來，顯見了個人特色：

> 霸祖孤身取二江，子孫多以百城降。豪華盡出成功後，逸樂安知與禍雙。東府舊基留佛刹，後庭餘唱落船窗。黍離麥秀從來事，且置興亡共（一作近）酒缸。（其一）
>
> 地勢東回萬里江，雲間天闕古來雙。兵纏四海英雄得，聖出中原次第降。山水寂寥埋王氣，風煙蕭颯滿僧窗。廢陵壞冢空冠劍，誰復沾纓醉一缸。（其三）

此組詩所欲暗示的「憂勞可以興國，逸豫足以亡身」的歷史教訓，乃針對北宋情境所發，六朝與南唐政權之所以短暫更迭，王安石認爲乃「豪華盡出成功後，逸樂安知禍與雙。」而六朝與南唐政權是作爲與北宋相對照的殷鑑，以是對於北宋統治者而言，王安石以爲若不明此

〔註51〕可參考宇文所安著；鄭學勤譯：〈黍稷和石碑：回憶者與被回憶者〉，《追憶：中國古典文學中的往事再現》，（台北：聯經，2006年），頁23～47。

〔註52〕〔宋〕謝朓撰：《謝宣城詩集》（台北：廣文書局，影宋抄本，1990年），卷二，頁1。

〔註53〕李白：《李白集校注》，卷十，頁679。

教訓，仍會重蹈「霸祖孤身取二江，子孫多以百城降」的往事。此組詩借古喻今，以爲人主之戒，心憂國事的微意暗寓其中，王安石於仁宗嘉祐四年，呈〈上仁宗皇帝言事書〉〔註54〕言愼選人材、變更法度，同年末上〈陳時政疏〉，〔註55〕指陳時事，條暢分明，梁啓超評〈上時政疏〉云：「蓋公實怵於當時累卵之勢，不能坐視，而以仁宗之猶足以爲善，而冀其庶幾改之也，然仁宗亦既薨，更不能用，越二年而遂崩矣。」〔註56〕〈金陵懷古〉作於王安石上書事稍後的四五年，利用歷史對現實作出批判，也是由於詩人怵於當時累卵之勢，不能坐視的微意用心。

王安石覽跡懷古的經驗與感慨興亡的吟詠是歷代詩人接近、想象金陵的一個普遍的方式，它激起了詩人們彼此之間超越時空限制的同情共感，而王安石藉由金陵歷史批判現實，金陵便不只是繁華褪去的古都，而是與現實有了連結。

二、對親人的憶念

蔡上翔云：「公自臨川家於金陵，卒於是，葬於是，父母兄弟墳墓俱在焉。」〔註57〕王安石自少年時代居於金陵開始，後歷經親人陸續喪亡，其父母兄弟之墳便俱在金陵，於是在憶念親人的經驗中，王安石筆下的金陵便充滿了私人的記憶。

從宋仁宗寶元二年（1039）至宋神宗熙寧九年（1076）三十七年間，王安石的父、兄、母、弟、子陸續逝世，父王益卒於仁宗寶元二年二月二十三日，得年四十六，〔註58〕時王安石十九；皇祐三年（1051）十月兄安仁卒，年三十七，〔註59〕時公年三十一；嘉祐八年母吳氏卒

〔註54〕王安石：《王臨川文集附沈氏注》，卷三十九，頁217～226。
〔註55〕王安石：《王臨川文集附沈氏注》，卷三十九，頁227～228。
〔註56〕〔清〕梁啓超：《王荊公》（台北：中華書局，1966年），頁55。
〔註57〕蔡上翔：《王荊公年譜考略》，頁34。
〔註58〕王安石：〈先大夫述〉，《王臨川文集附沈氏注》，卷七十一，頁448。
〔註59〕〈亡兄王常甫墓誌銘〉：「墓在先君東南五步……先生其長子，諱安仁，字常甫，年三十七，生兩女。」，王安石：《王臨川文集附沈氏

於京師，年六十六，〔註60〕時公年四十三；熙寧七年八月十七日，弟安國卒，享年四十七，〔註61〕時公五十四；熙寧九年六月乙酉子王雱卒，年三十三，時公五十六，范文汲云：「父墓東南五步，爲長兄安仁夫婦之墓，母墓左百十六步，爲四弟安國之墓，其次是男雱之墓。」〔註62〕此是范文汲集合王安石的諸墓誌所言，先是王益墳基從牛首山徙往鍾山，鍾山在城東北一十五里，以後諸人葬皆近父墓。

　　王安石事親至孝，友于兄弟，孝友固王氏之家法，此家法來自於父親王益忠義孝友的立身處世，〈先大夫述〉中安石回憶了父親的人格與性情：「公於忠義孝友，非勉也。宦游常奉親行，獨西川以遠又法不聽，在新繁未嘗劇飲酒，歲時思慕，哭殊悲。其自奉如甚嗇者，異時悉所有又貸於人，治酒食，須以娛其親，無秋毫愛也，人乃或以爲奢。居未嘗怒笞子弟，每置酒從容，爲陳孝悌仁義之本，古今存亡治亂之所以然甚適。」王益於忠義孝友，不勉而行，勢必影響王安石對於家庭關係的重視，慶歷三年王安石自淮南判官任歸省臨川，曾作〈憶昨詩示諸外弟〉憶及喪父之痛：「昊天一朝畀以禍，先子泯沒予誰依。精神流離肝肺絕，眥血被面無時晞。母兄咕咕泣相守，三載厭食鍾山薇。」（30／360）王益的遽沒似乎令其家族成員一時難以措手，這表現在王安石居喪回憶中，精神流離，肝肺斷絕的痛苦，慶歷八年（1048）王安石二十八歲，知鄞縣（今浙江寧波），是年歸江寧葬父，離昇州前云：「殘菊冥冥風更吹，雨如梅子欲黃時。相看握手總無語，愁滿眼前心自知。」（〈離昇州作〉43／834）在風吹殘菊、雨如黃梅

　　　　注》，卷九十六，頁605。

〔註60〕〔宋〕曾鞏：〈仁壽縣太君吳氏墓誌銘〉，《元豐類稿》（台北，世界書局，1984年），卷四十五，頁4～5。

〔註61〕〈王平甫墓誌〉：「元豐三年四月二十七日，葬江寧府鍾山，母楚國太夫人墓左百有十六步。」，王安石：《王臨川全集附沈氏注》，卷九十一，頁578。

〔註62〕范文汲：《一代名臣王安石》（北京：中國社會科學出版社，2003年），頁583。

的歲時氛圍中，臨別前與親友相望，愁則因無語而更愁。

　　皇祐三年（1051）十月安石兄安仁病逝，才三十七歲，距父親王
益之卒約十二年，安石素推重安仁，以為其學完行高、孝友最隆，不
掛懷於功名，但其早逝不無令人悲痛：「有母有弟，方壯而奪之，使
不得相處以久，先生尚有知，其無窮憂矣。」（俱見〈亡兄王常甫墓
誌銘〉）皇祐四年（1052）安石三十二歲，通判舒州（今安徽潛山），
四月曾返金陵葬長兄安仁，有詩云：「百年難盡此身悲，眼入春風只
涕洟。花發鳥啼皆有思，忍尋〈棠棣〉脊令詩。」（〈宣州府君喪過金
陵〉48／954）安石與長兄安仁雖非同母所生，但彼相友愛，安石於
皇祐元年（1049），仍知鄞時，其〈寄伯兄〉：「身留海上去何時？只
看春鴻北向飛。安得先生同一飯（一作飽），蕨芽香嫩鰤魚肥。」（48
／953），時安石在南方，安仁在北方，思聚之情溢於言表，鄞縣秩滿
又作〈舟還江南阻風有懷伯兄〉：「會有開樽相勸日，脊令隨處共飛鳴。」
（32／604），距皇祐元年訴相思不過三載，而接此噩耗，長如百年之
時也難以形容此悲，曾欲如脊令而相共飛鳴，如今卻以脊令求侶示失
兄之痛。同年作〈壬辰寒食〉云：

　　　客思似楊柳，春風千萬條。更傾寒食淚，欲漲冶城潮。巾
　　髮雪爭出，鏡顏朱早凋。未知軒冕樂，但欲老漁樵。（23／
　　　410）〔註63〕

首聯即景言情，借楊柳千萬枝，喻宦游的思緒無窮，寒食雖然落寞，
卻未必有淚；而安石卻言傾淚，則必有大悲痛，就是暗指安仁之英年
早逝。又傾淚可漲冶城之潮，則其悲苦可塞天地。語雖誇飾，情實至
誠，頸聯自畫老態，尾聯自言退意，慟徹肺腑，哀痛深沉。前四句以

〔註63〕此詩王晉光：「他在舒州通判任內因未能回江寧展掃父墓時而作的
　　　　詩」，王晉光：《王安石八論》，（台北：大安出版社，2006 年），頁
　　　　44，周錫韋復《王安石詩選》則云：「這首詩是王安石自舒州回江寧
　　　　掃墓時作」（台北：遠流，2000 年），頁 32。另李德身引朱自清《宋
　　　　五家詩鈔・王安石》：「惟詩似在金陵作。」，李德身：《王安石詩文
　　　　繫年》，頁 73。

比喻、誇張手法表現對長兄喪亡的哀痛，陳衍評曰：「起十字無窮生清新，餘衰颯太過」，〔註64〕然衰颯實因詩人悲傷所致。

　　仁宗嘉祐八年（1063），安石因母喪，解官歸江寧，距安石長兄安仁卒約十二年，安石早歲喪父，故孝母之思獨多，其在慶曆年間便言其出仕，多數由於經濟因素，慶曆五年（1045）〈上張太傅書二〉其一：「中不幸而失先人，母老弟弱，衣穿食單，有寒餓之疾，始憮然欲出仕。」〔註65〕此書表明安石食君之祿，並非末己，而是為了解決家貧口眾的境況，仕宦以後，安石仍以事親侍母為先，慶曆七年（1047）〈上相府書〉云：「某少失先人，今大母春秋高，宜就養於家之日久矣，徒以內外數十口，無田園以托一日之命，而取食不腆之祿，以至於今不能也。今去而野處，念自廢於苟賤不廉之地，然後有以共裘葛、具魚菽而免於事親之憂，則恐內傷先人之明，而外以累君子養完人材之德，濡忍以不去，又義之所不敢出也，故輒上書闕下，願殯先人之丘冢，自託於筦庫，以終犬馬之養焉。」〔註66〕嘉祐年間，安石屢辭京官，欲乞東南寬閒之地，就私人情感上也是由於京師不便於養親，嘉祐三年（1058）〈上富相公書〉：「誠望閣下哀其忠誠，載賜一州，處憂閒之區，寂寞之濱，其治民非敢謂能也，庶幾地閒事少，夙夜悉心力，易以塞責，而免於官謗也。若夫私養之勢，不便於京師，固嘗屢以聞朝廷，而熟於左右者之聽矣。」〔註67〕王安石孝親之思，乃無須臾懈於其心。

　　治平二年（1065）王安石〈乙巳九月登冶城作〉云：「欲望鍾山岑，因知冶城路。躋攀隱木杪，稍記曾游處。紅沉渚上日，蒼起榛中霧。即事有哀傷，山川自如故。」（14／259），「即事有哀傷，山川自如故」即指安石喪母之事，鍾山在此象徵親老松楸所寄，所以冶城路

〔註64〕〔清〕陳衍：《宋詩精華錄》（台北：廣文書局，1990年），頁53。
〔註65〕王安石：《王臨川文集附沈氏注》，卷七十七，頁488。
〔註66〕王安石：《王臨川文集附沈氏注》，卷七十四，頁468。
〔註67〕王安石：《王臨川文集附沈氏注》，卷七十四，頁468～469。

所指涉並不是謝安、王羲之嘗登臨而有高世志，蘊含江左風流人物的
地名意境，欲望鍾山而登冶城，在此乃思母的表現，《默記》云：

> 王荊公知制誥，丁母憂，（年）已五十矣。哀毀過甚，不宿
> 於家。以薰稭爲荐，就廳上寢於地。是時，潘鳳，公所善，
> 方知荊南，遣人下書金陵。急足至，升廳，見一人席地坐，
> 露頭瘦損，愕以爲老兵也，呼「院子」，令送書入宅。公遽
> 起，取書就鋪上拆以讀。急足怒曰：「舍人書而院子自拆，
> 可乎！」喧呼怒叫。左右曰：「此即舍人也。」急足惶恐趨
> 出，且曰：「好舍人！好舍人！」〔註68〕

王銍生於北宋晚年，其《默記》之撰作則在宋高宗紹興年間，上距嘉
祐之末，至少當已七八十年，一切得諸傳聞，其間必有不盡事實之處，
然終可反映出王安石居喪期內的哀毀情況，此無依無恃之情也可從王
安石送朱壽昌迎母歸間接說明，朱壽昌事在當時是士大夫追捧的話
題，蘇軾〈朱壽昌郎中，少不知母所在，刺血寫經，求之五十年，去
歲得之蜀中，以詩賀之〉：「嗟君七歲知念母，憐君壯大心愈苦。羨君
臨老得相逢，喜極無言淚如雨。不羨白衣作三公，不愛白日昇青天。
愛君五十著綵服，兒啼卻得償當年……」〔註69〕朱壽昌幼與母生離，
長大欲見其母乃禮佛寫經，終與母相聚，李壁云：「壽昌父巽守雍，
出其母劉氏嫁民間，母子不相知者五十年。熙寧初，棄官入秦，與家
人訣誓，不見母不復還。行次同州，得之，劉氏時年七十餘矣。雍守
錢明逸以事聞，由是天下皆知其孝。」〔註70〕神宗熙寧元年（1068）
安石之〈送河中通判朱郎中迎母東歸〉：「彩衣東笑上歸船，萊氏歡娛
在晚年。嗟我白頭生意盡，看君今日更淒然。」（45／877）朱郎中即
朱壽昌，安石見壽昌得母，而自嘆有弗洎之悲。

〔註68〕〔宋〕王銍：《默記》（北京：中華書店，1997年），卷下，頁48。
〔註69〕〔宋〕蘇軾著；施元之注：《施注蘇詩》（台北：廣文書局，1980年），
　　　　卷五，頁143。
〔註70〕〈送河中通判朱郎中迎母東歸〉李壁注，《王荊公詩注補箋》，卷四
　　　　十五，頁877。

　　熙寧七年（1074）六月王安石首次罷相，熙寧七年八月十七日王
安石弟安國卒，距母吳氏卒約十一年，王安國字平甫，安石所作〈王
平甫墓誌〉云安國以文學知於士大夫之間，治平年間也與安石一同於
江寧居喪：「君孝友，養母盡力，喪三年常在墓側，出血和墨，書佛
經甚眾。」安石於兄弟間與安國、安禮贈酬之作最多，〔註71〕〈寄平
甫弟衢州道中〉：「長年無可自娛戲，遠遊雖好更悲傷。安得多風一吹
汝，手把詩書來我旁。」、〈次韻答平甫〉：「物物此時皆可賦，悔予千
里不相將。」、〈離北山寄平甫〉：「休向朝廷論一鶚，只知田裡守三荊。
清溪幾曲春風好，已約歸時載酒行。」皆暗含相思不捨之情。熙寧初
年神宗與安國對語，安國認爲安石主政之缺失在於「知人不明，聚斂
太急」，雖安國未襄助安石變法，並屢以新法力諫安石，政治立場不
同，實未損二人手足之情，《宋史》云：「安石罷相，惠卿遂因鄭俠事
陷安國，坐奪官，放歸田里。詔以諭安石，安石對使者泣下。既而復
其官，命下而安國卒。」〔註72〕兄弟之間都貫徹了孝友的庭訓，其後
元豐三年王安國亦葬於鍾山。

　　安石有子二，曰雱曰旁，旁事蹟無傳，雱字元澤，未冠已著書數
萬言，治平四年，王雱成進士，調旌德尉，作策二十餘篇，極論天下事，
又作老子訓傳及佛書義解，熙寧四年以鄧綰曾布薦，召見，除太子中允

〔註71〕王安石與王安國贈酬之作如：〈示平甫弟〉（14／256）、〈平甫歸飲〉
　　　　（16／296）、〈和平甫舟中望九華山四十韻〉（17／309）、〈寄平甫弟
　　　　衢州道中〉（20／365）、〈游棲霞庵約平甫至因寄〉（23／415）、〈和
　　　　棲霞寂照庵僧雲渺平甫同作〉（23／416）、〈次韻平甫喜唐公自契丹
　　　　歸〉（29／540）、〈次韻平甫村墅春日〉（30／552）、〈和平甫招道光
　　　　師〉（30／554）、〈次韻平甫贈三靈程惟象〉（31／567）、〈次韻平甫
　　　　金山會宿寄親友〉（34／633）、〈平甫游金山同大覺見寄相見後次韻
　　　　二首〉（35／651）、〈次韻答平甫〉（35／658）、〈到舒州次韻答平甫〉
　　　　（36／678）、〈離北山寄平父〉（37／688）、〈平甫如通州寄之〉（45
　　　　／884）、〈寄茶與平父〉（46／914）、〈中秋夕寄平甫諸弟〉（48／943），
　　　　見王安石：《王荊公詩注補箋》。
〔註72〕〔元〕脫脫等撰：〈王安國傳〉，《宋史》（北京：中華書局，1977年），
　　　　卷三百二十七，頁10558。

崇政殿說書，受詔註書詩義，尋擢天章閣待制兼侍講，書成，遷龍圖閣
直學士，以病辭不拜，熙寧九年（1076），王雱去世，年三十三，〔註73〕
其中王雱受詔註書詩義，乃指熙寧六年（1073）新學派即王安石等人開
始編撰新經義，至熙寧八年（1075）《三經新義》：《詩經新義》、《尚書
新義》、《周官新義》修成頒布，推行於全國，安石〈詩義序〉：「上既使
臣雱訓其辭，又命臣某等訓其義，書成，以賜太學，布之天下。」又〈書
義序〉：「熙寧二年，臣某以尚書入侍，遂與政，而子雱實嗣講事，有旨
爲之說以獻，八年，下其說太學班焉。」〔註74〕梁啓超言熙豐元祐間攻
擊安石者，尚只攻新法，未攻其學術，攻其新法者，亦只攻助安石變法
的呂惠卿、章惇諸人，其後出於學術之爭，始攻安石學術，攻其學術者，
則必攻王雱，即因王雱乃助王安石著新經義之人，〔註75〕以上可知王雱
乃助安石著《三經新義》的得力助手。熙寧九年王雱去世，距安石弟安
國卒不過近二年，安石悲傷不堪，父子之情與學術上深厚的連結即表現
於熙寧十年（1077）王安石對王雱的悼亡之詞：「斯文實有寄，天豈偶
生才？一日鳳鳥去，千秋梁木摧。煙留衰草恨，風造暮林哀。豈謂登臨
處，飄然獨往來。」（〈題雱祠堂〉22／383），〔註76〕李壁云此堂「在寶
公塔院。」寶公塔院在鍾山，王雱有〈鍾山絕句〉云：「當年晬盻此山
阿，欲著紅樓貯綺羅。今日重來無一事，卻騎羸馬下陂陀。」〔註77〕
鍾山也曾是王雱流連光景處，安石如今僅能登臨眺望，獨立山巔，追思
亡子，寓情於景，通過風煙、衰草、暮林來表達哀愁。

〔註73〕可參脫脫：〈王安石傳〉附子雱，《宋史》，卷三百二十七，頁10551。
〔註74〕俱見王安石：《王臨川文集附沈氏注》，卷八十四，頁533、頁533～
534。
〔註75〕可參梁啓超：〈荊公之家庭〉關於王雱的部份，其對《宋史》中王雱
的部份記載，亦有辯證，見《王荊公》，頁181～184。
〔註76〕因王雱逝於熙寧九年，故將本詩置於前期說明，另此詩究安石作否，李
壁與蔡上翔有不同意見，李壁認爲此詩乃安石所作，詳見《王荊公詩注
補箋》，頁383，蔡上翔則以爲非安石作，《王荊公年譜考略》，頁264。
〔註77〕〔清〕厲鶚輯撰：《宋詩紀事》（上海，上海古籍出版社，2008年），
冊二，卷二十五之王雱，頁645。

　　王安石憶念親人的經驗形之於金陵詩，常常有沉痛語，但金陵山川如故，無法感受詩人的悲哀，然藉由詩文中情景交溶的表現，其所見所感只有衰颯的山水，而山水似乎也與王安石同聲哀慟，於是冰冷的空間內化爲有感的世界，這是由悲哀而興起的一體的歸屬感。

三、出處間的思念抒懷

　　王安石少年時代因父王益之故而家於金陵，於此嘆歷史興亡、感親老殞逝，以閒適之姿擺落人生事相的轉變，樂於雲水肆意。當陌生的空間成爲令人熟悉的地方，頻繁出入於此則不免思念、掛懷，出是欲用於世之壯與形跡上的赴國，入，是欲隱於世之閒與形跡上的回鄉。

　　梁啓超曾從儒家的角度論王安石的出處之節，其云：「公少年嘗有詩云『天下蒼生待霖雨，不知龍向此中蟠。』又有詩云『誰似浮雲知進退，纔成霖雨便歸山。』其抱負之偉大，其性情之恬退，於此二詩見之矣。求諸先世，則有范蠡之泛舟五湖，張良之從赤松子遊，其跡與公頗相類，然彼等皆見其主之不可以共安樂，爲自全計，苟以免禍而已，是老氏之學也。公則不然，可以仕而仕，可以已而已，其一進一退之間，悉衷於道，自古及今，未有能過之者也。」〔註78〕梁啓超認爲范蠡、張良之退隱，只是爲了保全自身，卒以免禍，而認爲王安石乃「可以仕而仕，可以已而已」，化用了孟子評孔子爲「聖之時者」的看法，孟子在〈萬章下〉〔註79〕以出處的尺度評論伯夷、伊尹、柳下惠、孔子之行，伯夷爲「聖之清者」，「非其君不事，非其民不使。治則進，亂則退。」體現了聖人人格中清高的一面；伊尹爲「聖之任者」，「伊尹曰：『何事非君？何使非民？』治亦進，亂亦進。」體現了聖人人格中負責任的一面；柳下惠爲「聖之和者」，「不羞污君，不辭小官；進不隱賢，必以其道。遺佚而不怨，阨窮而不憫；與鄉人處，

〔註78〕梁啓超：《王荊公》，頁132。
〔註79〕見《孟子・萬章下》：《十三經注疏》（台北：藝文印書館，1993年），冊8，卷十，頁176。

由由然不忍去也。」則體現了聖人人格中隨和之一面,但以上三人仍極其一偏,孔子之道則集大成,兼全於眾理,乃「聖之時者」,「可以速而速,可以久而久,可以處而處,可以仕而仕。」符合時宜,而不拘泥,梁啓超即認爲王安石於進退出處上能若合符節,梁氏又云:「蓋公生平進退大節,其所以自處,皆定之於夙,彼其稟德高尚,軒軒若雲間鶴,人世富貴,視若浮雲,曾不足以芥其胸,而又夙持知命不憂之義,雖以道之興廢,猶信爲不可強致,故當受事之始,即以懷歸耕之志。」〔註80〕儒者從政的態度,本就是從道不從君,因此,雖然儒者有積極用世的態度,也會在理想實踐無望的情況下,欲遷居九夷,或「乘桴浮於海」。畢竟,邦有道或無道非我輩所能掌握,雖然出仕是盡君臣大義,當事不可爲,仍要能全身而退,不可強致,故當安石「受事之始,即以懷歸耕之志」亦是展現了儒家的用世智慧。

呇紅霞則從居士的角度論王安石出處進退中的心路歷程,居士是指在家的修行人,其文以爲王安石退相後雖未將自己安上居士的名號,但在思想處世、生活方式等多方面受到了佛教的影響,符合居士的本質特徵,並將其生涯分爲:從仕到隱,乃仁宗慶曆二年(1042)進士及第之後,至英宗治平四年(1067)出知江寧府之期間;其後乃由隱入仕、仕而求隱:即治平四年以後至熙寧九年(1076)第二次罷相之間,表現爲仕則仕,隱則隱的階段性共存;末乃致仕歸隱期:即熙寧九年王安石二次罷相後退居鍾山,直至十年後去世之間,安石的生活環境和方式體現出寧靜、恬淡、閒適的居士生活特色。〔註81〕二氏之所論其實皆是王安石思想中來自儒釋不同觀念的外在表現,而若從歷時性的角度,王安石從英宗治平年間至熙寧九年第二次罷相之前,尤其是熙寧末年,表現於詩中則是較爲曲折的仕隱心態。

英宗治平三年,王安石壯志在懷表現於詠松自況,森森千尋,不

〔註80〕梁啓超:《王荊公》,頁137。

〔註81〕可參呇紅霞:〈「丈夫出處非無意」——從「居士」視角看王安石歸隱金陵的心路歷程〉(《新亞論叢》第8卷,2006年)民國95年10月。

附青林：「豈因糞壤栽培力，自得乾坤造化心。廊廟乏材應見取，世無良臣勿相侵。」（〈古松〉35／656）或詠竹自喻，不畏風雨，愈老愈剛：「人憐直節生來瘦，自許高材老更剛。曾與蒿藜同雨露，終隨松柏到冰霜。」（〈華藏院此君亭〉33／615），但亦有如〈華藏寺會故人得泉字〉：「共知官似夢，莫負酒如泉」（23／403）、〈平甫如通州寄之〉：「平世自無憂國事，求田應不忤陳登。」（45／884）、〈游棲霞庵約平甫至因寄〉：「官事眞傷錦，君恩更飲冰。求田此山下，終欲忤陳登。」（23／415）或將官場生涯視爲邯鄲一夢，有求田問舍之意，如此應如何解釋同一年所出現的以上作品？其〈松間〉詩云：

> 偶向松間覓舊題，野人休誦北山移。丈夫出處非無意，猿鶴從來自不知。（44／865）

〈松間〉詩下安石自注：「被召將行作。」治平四年正月，英宗崩於福寧殿，壽三十六，神宗即皇帝位，九月，安石除翰林學士，神宗熙寧元年四月，安石入京師，奉詔越次入對，本詩即將行而作，《石林詩話》言此詩本事：「王介字中甫，衢州人，博學善譏謔，嘗舉制科不中，與荊公遊甚歡，然未嘗降意少相下。熙寧初，荊公以翰林學士被召，前此屢召不起，至是始受命。介以詩寄云：『草廬三顧動春蟄，蕙帳一空生曉寒。』蓋有所諷，荊公得之大笑。他日作詩，有『丈夫出處非無意，猿鶴從來自不知』之句，蓋爲介發也。」〔註82〕據《宋詩紀事》王介性聰悟絕人，所嘗讀書，皆成誦；而任氣多忤物，以故不達，〔註83〕王介似認爲安石受召屢不起，至除翰林學士以後始受命，乃前後不一的行徑，故寄詩以諷，安石〈松間〉詩即回應王介之諷，說明自己出仕和隱居都不是盲目無端，隱居不是爲了求名求官，出仕也不是爲了貪圖名利，而是能有作爲即出仕，不能有所作爲即隱居，至於王介使用〈北山移文〉「蕙帳空兮夜鶴怨，山人去兮曉猿驚」

〔註82〕〔宋〕葉夢得：《石林詩話》（台北：藝文印書館，百部叢書集成，1966），百川學原九，卷下，頁7。
〔註83〕厲鶚輯撰：《宋詩紀事》，卷十六王介，頁405。

的典故，該文原為南齊孔稚圭假托北山山神之靈譏周顒為假隱士，安石也反其意而作答，實則從安石之〈祿隱〉即能解釋「丈夫出處非無意」的心境與治平三年詩文既有隱居之意，也有用世之志的現象：

> 聖賢之言行，有所同，而有所不必同，不可以一端求也。同者，道也，不同者，迹也。知所同而不知所不同，非君子也。夫君子豈固欲為此不同哉，蓋時不同則言行不得無不同。唯其不同，是所以同也。如時不同而固欲為之同，則是所同者，迹也，所不同者，道也。迹同於聖人而道不同，則其為小人也……聖賢之宗於道，猶水之宗於海也。水之流，一曲焉，一直焉，未嘗同也，至其宗於海則同矣；聖賢之言行，一伸焉，一屈焉，未嘗同也，至其宗於道則同矣……由是而言之，餓顯之高，祿隱之下，皆迹矣，豈足以求聖賢哉，唯其能無係累於迹，是以大過於人也，如聖賢之道，皆出於一，而無權時之變，則又何聖賢之足稱乎？〔註84〕

王安石以為餓顯之高與祿隱之下，皆迹也，聖賢唯時之變，無累於迹，故欲解聖人之言行，只須理解其道，無須執著於迹。聖賢之道，皆出於一，而有權時之變，此所以孟子稱孔子「可以速而速，可以久而久，可以處而處，可以仕而仕。」由是觀之安石之舉措：前此屢召不起，至是始受命，就其自身認為便不是一件值得議論的行為，此迹也，無礙於道，權時之變在其中。

　　王安石的出處之節可從中國傳統思想以探求，而其赴召離鄉前的依依不捨，則是人懷土戀鄉的基本表現：

> 北山雲漠漠，南澗水悠悠。去此非吾願，臨分更上樓。（〈再題南澗樓〉40／742）

> 京口瓜州一水間，鍾山只隔數重山。春風自（一作又）綠江南岸，明月何時照我還？（〈泊船瓜州〉43／835）

> 海氣冥冥漲楚氛，汀洲回薄水橫分。青松十里鍾山路，只

───────────────

〔註84〕王安石：《王臨川文集附沈氏注》，卷六十九，頁435～436。

隔西南一片雲。(〈赴召道中〉45／883)

就像一位旅者在回程時，山峰突然浮現在海浪上的第一眼，可帶來無限的喜悅，再度離開的時刻，山峰的輪廓漸漸失落在海浪之下依然會感到悲傷。熙寧年間，安石仕隱的矛盾情結隨政治挫折、黨爭而萌蘗，〔註85〕懷土戀鄉與仕隱抉擇相互交織，此期間便很難僅以遊子之情來概括。熙寧七年四月王安石首次罷相，熙寧八年二月復拜相，熙寧九年十月王安石第二次罷相，短短兩年多時間，或在朝、或復出而思念故景，熙寧七年王安石罷相前所作之〈憶蔣山送勝上人〉：「黃塵滿眼衣可濯，夢寐惆悵何時還？」(14／257)，同年，安石初罷相時其〈思北山〉云：「日日思北山，而今北山去。寄語白蓮庵，迎我青松路。」(5／87)，熙寧八年王安石復出前之〈寄金陵傳神者李士雲〉：「欲去鍾山終不忍，謝渠分我死前身。」(43／837)，熙寧八年王安石在朝時所作〈世故〉云：「鍾山北繞無窮水，散髮何時一釣舟。」(44／855)，如此便與熙寧初年王安石赴召道中之不捨有了時空與情境上的差別，赴召道中一切尚屬未知，汴京是施展宏圖之地，熙寧末年王安石對於鍾山的種種不捨則具有了反襯的效果，汴京已開始成為與金陵相對應的所在。

　　熙寧末年，王安石罷相，往來汴京與金陵，除了是兩點之間的物理移動，也是仕（汴京）隱（金陵）之間的游移。汴京與金陵在北宋時期不同的城市風格，一為如日中天、曈曈耀目，一為繁華落盡、休養生息，王安石的汴京經驗以時間而言為仁宗嘉祐時期任三司度知判官、詳定官、知制誥等，王安石曾在此賞花釣魚、陪上觀燈，書寫汴京的富麗之景，〔註86〕其所描寫的汴京仍為八荒爭湊、萬國咸通之

〔註85〕王安石變法的制度面，可參漆俠《王安石變法》(河北，河北人民出版社，2002 年)。另王安石變法時的心境可參傅錫壬〈從詩作看王安石變法維新的心境〉《淡江人文社會學刊》第三期 (1999 年)。關於熙寧黨爭可參羅家祥《北宋黨爭研究》第二章 (台北：文津，1993 年)。

〔註86〕王安石於汴京賞花釣魚的經驗展現在：〈擬和御製賞花釣魚〉(25／455)、〈和御製賞花釣魚詩二首〉(28／519)；陪上觀燈的經驗

地,至變法受挫以後,汴京之於安石反而是過於紛華而使人心浮的城市:「飄然紛華地,此物乖隔久。白髮望東南,春江綠如酒。」(〈白鷗〉21/374)、「都城紛華地,內熱易生火。」(〈甘棠梨〉14/265),而在出處情結與思鄉的彼此交織下,當王安石處於政治波瀾遂而引誘了地方的召喚,再回憶金陵山水,金陵已是心靈的原鄉,是「但欲老漁樵」(〈壬辰寒食〉)的地方,所以熙寧末年王安石於兩點之間的物理移動,也是仕(汴京)隱(金陵)之間的游移,空間(汴京)與地方(金陵)之間的過渡,也正因此移行、離去的經驗,加深了王安石思念金陵的濃度,使其思念之流游潻縈繞,連綿漫衍。

四、閒適生活的詠調

　　王安石自淮南簽判開始了仕宦之途,至英宗治平年間以前其於金陵的時間皆來去匆匆、不能久留,嘉祐八年(1063)仁宗崩,同年八月安石母吳氏於汴京過世,安石去官,奉母柩歸葬金陵,英宗治平二年(1065)十月復以王安石爲工部郎中知制誥,但安石未應命去汴復職,仍留在江寧,一方面收徒講學,也一面從事著作,此期間到江寧從學於王安石者,計有陸佃、龔原、李定、蔡卞、侯書獻、鄭僑等人,由於安石此次停留於江寧時間較長,也可見關於閒適生活的抒寫,較多集中於母喪服除之後,〈送董伯懿歸吉州〉:

> 我來以喪歸,君至以(一作因)謫徙。蒼黃憂患中,邂逅遇於此。
>
> 去年服初除,聽赦相助喜。看君數歸月,但屈兩三指……僮饑屢窺門,客罷方隱几。是非評眾史,成敗斷前史。時時對奕石,漫浪爭生死。送迎皆幅巾,設食但陳米。亦曾

如:〈癸卯追感正月十五事〉(24/419)、〈上元從駕至集禧觀次沖卿韻〉(28/509)、〈次韻陪駕觀燈〉(28/511);描寫或提及汴京之景的詩作如:〈宜春苑〉(23/417)、〈金明池〉(25/659)、〈御溝〉(29/524)、〈九日賜宴瓊林苑作〉(44/844),均見王安石:《王莉公詩注補箋》。

戲篇章，揮翰疾蒿矢。君豪才有餘，我老愈先止。東城景
陽陌，南望長干紫。欲斫三畝蔬，於焉寄殘齒……（16／295）

據詩意董伯懿由遷謫來金陵，從安石游，其間或論古今成敗，或奕棋
賦詩，相與從遊，〈示董伯懿〉有「長干里北寒山紫，白下門西野水
明」（30／562），〈送董伯懿歸吉州〉亦云：「東城景陽陌，南望長干
紫」，因之，即可能是王安石與董伯懿曾同遊於城區臺城、長干里及
白下門一帶，董伯懿赦後一年乃得歸，此詩即送之還鄉。同年王安石
與熊本遊城東鍾山，熊本字伯通，鄱陽人，有文詞，少爲范仲淹所知，
所至爲吏不苟，熙寧初曾上書頌安石。〔註87〕〈同熊伯通自定林過悟
眞二首〉（43／818）云：

與客東來欲試茶，倦投松石坐欹斜。暗香一陣連風起，知
有薔薇澗底花。

城郭紛紛老倦尋，幅巾來寄北山岑。長遭客子留連我，未
快穿雲涉水心。

安石久居於城區而有「老倦尋」之語，與熊伯通同遊鍾山，不妨視爲
在地人向來客引介當地名山勝景，而此名山勝景又是安石素日所常遊
者，〈答熊伯通書二〉其一云：「幸得會晤，豈勝欣慰，遽復乖闊，實
深悵戀。明日當展親墓，不獲追送。」〔註88〕熊伯通非金陵人，是年
多伯通離江寧赴池州建德縣，安石表明當展親墓，不便送行，從另方
面言，雖無法確定親墓在鍾山何處，但自定林院往悟眞院的移動路線
想必已是安石平日所經或熟稔者，故而與客東來，盡地主之誼，第一
首詩中雖然未聞茶香，途中休憩時已得聞花香，對香氣的抒寫所形成
遊山的愉悅感，適與久於城區的厭膩爲一對比。治平三年安石除與友
朋遊城區、鍾山，區域上也延伸到句容縣東南四十五里的茅山與城東
北四十五里的攝山，遊之活動適可以舒緩王安石母喪時的哀毀之情。

　　王安石於神宗熙寧九年以前的金陵詩中所書寫的四種經驗：感慨

〔註87〕可參脫脫：〈熊本傳〉，《宋史》，卷三百三十四，頁10730～10731。
〔註88〕王安石：《王臨川文集附沈氏注》，卷七十八，頁500。

興亡、對親人的憶念、出入間的思念抒懷、閒適生活的詠調，以出入
間的思念抒懷最能直接表明其晚年何以擇居金陵，而對親人的憶念亦
與出入間的思念抒懷之經驗具有相當程度的關聯，所以從王安石對於
金陵與日俱增的植根與依附中，當其晚年擁有選擇權，而非少年時代
因隨宦而定居的無法選擇的情境，王安石自然以金陵爲退隱以後閒居
之地的首選。

第三章　地方感的凝聚

第一節　半山園的建立

　　王安石晚年閒居於江寧府上元縣的半山園，其晚年生活居處便以此爲中心，以下欲討論王安石營建半山園的動因、半山園在其晚年所象徵的意義、半山園「僅蔽風雨」的外在形象所象徵的王安石的內在性格與半山園的景觀。

　　王安石晚年營建半山園的動因，從宋神宗熙寧八年（1075）冬王安石復相後所作的〈與沈道原舍人書〉已透露端倪：

> 某啓，辱手筆，感慰，又復冬至，投老觸緒多感，但日有東歸之思爾，上聰明日隮，然流俗險膚，未有已時，亦安能久自困苦於此，北山松柏聞修雅說已極茂長，一兩日令俞遜往北山，因欲漸治垣屋矣，於道原欲略布所懷。〔註1〕

王安石在熙寧年間因變法之故遭遇流俗險膚，而有東歸之思，欲返回金陵，書信中接著便云聽聞北山松柏已極茂長云云，王安石專舉「北山松柏」並非是突如之筆，嘉祐初年其所作之〈道人北山來〉便可以解釋書信提及北山松柏而非其他北山風物是其來有自：「道人北山來，問松我東崗。舉手指屋脊，云今如此長……死狐正首丘，游子思

〔註1〕王安石：《王臨川文集附沈氏注》，卷七十五，頁477。

故鄉。嗟我行老矣，墳墓安可忘？」（11／215），〈道人北山來〉是王安石所作古詩二十八首中之一首，李壁注認爲此二十八首古詩當作於嘉祐元年、二年之間王安石知常州時，安石以尋問北山（即鍾山）松柏的生長情況表達了思鄉之情，就像從他人口中探尋老友近況般的親切自然，北山也是王安石父王益安葬處，故云「墳墓安可忘」，那麼在〈與沈道原舍人書〉中王安石聞北山松柏已極茂長，即隱含了關切、懷土戀鄉的感受，雖然遙遠但具體存在的風物使其憶念有所投射與落腳，也使王安石因聽聞、談論熟悉的事物而獲取了超越空間限制的安全感，這與其東歸之思是相互呼應，同時藉由聽聞才知故鄉樹木的生長情況，也代表王安石有段時間並未返鄉，從對北山風物的憶念中，王安石再順勢說明在金陵北山下漸治垣屋的打算，爲投老生涯預作準備。熙寧八年〈和吳相公東府偶成〉：「誅茅我夢江皋地，澆薤公思洛水渠。」（28／514），李壁注：「江皋，謂江寧之居，公方葺園屋於鍾山下。」雖然王安石於熙寧九年才第二次罷相返回金陵，從書信與李壁注可知熙寧八年處於汴京的王安石已先託人處理治垣屋一事，也即熙寧八年王安石便有退隱的心理。

　　熙寧十年王安石所作之〈贈僧〉云：「紛紛擾擾十年間，世事何嘗不強顏。亦欲心如秋水靜，應須身似嶺雲閒。」（40／951）熙寧變法的十年紛擾，即〈與沈道原舍人書〉所指的「流俗險膚，未有已時」，在變法的情境中，王安石自覺不免強顏，豈能久自困苦，而這首作於熙寧十年的作品，王安石已退隱於金陵，所表露者是身閒才能心靜，其實也暗指熙寧末年的確只有退隱一途才能實踐身閒的生活型態，也才能心如秋水靜，這是其退隱後之所感，元豐元年〈招呂望之使君〉王安石又坦露了當下所嚮往的生活型態：「委質山林如許國，寄懷魚鳥欲忘形。」（27／493），李壁注：「言一心於山林，猶向日之許國，誓無貳也。」委質山林、寄懷魚鳥即王安石經歷變法之後體認到的可以使心如秋水靜、不復舊時紛擾的身閒的生活型態，而對此生活的嚮往之情則是以營建半山園的構想、行動來表現之，故而從其有意識地

再造新居之中，一心於山林即半山園的存在意義與物質象徵。

舊建康府城形勢圖

引用自《至正金陵新志》

　　半山園實則乃僅蔽風雨的小宅，其所容納的面積及其腹地並不廣大，並不是嚴格意義上的園林：「（安石）所居之地，四無人家，其宅僅蔽風雨。又不設垣牆，望之若逆旅之舍。」〔註2〕而此簡樸的居所與王安石自奉淡泊的性格有關，僅蔽風雨其實便暗示王安石淡泊的天性，贊元禪師曾形容王安石「視名利如脫髮，甘澹薄爲頭陀。」〔註3〕《老學庵筆記》云：「王荊公於富貴聲色，略不動心。」，〔註4〕陸象山評公：「英特邁往，不屑於流俗，聲色利達之習，介然無毫毛得以

〔註2〕周應合：《景定建康志》，卷四十二，頁1376。

〔註3〕〔宋〕阮閱編：《詩話總龜》（台北：廣文書局，1973年），後集卷四十四，頁1625。

〔註4〕〔宋〕陸游撰：楊立英校注：《老學庵筆記》（西安：三秦出版社，2003年），卷五，頁182。

入於其心。」〔註5〕梁啓超云:「公居家廉儉,自奉淡泊,自幼至老,未嘗稍變。」〔註6〕因王安石甘於淡泊,所以富貴流俗聲色利達不入、不動其心,而且是自幼至老未嘗改變的性格,其性格中包含的甘於淡泊反映於身體意識乃不喜緣飾:「王荊公不喜緣飾,經歲不洗沐,衣服雖弊,亦不浣濯。」〔註7〕於生活不以奢爲榮:「王荊公在金陵,神宗嘗遣內侍凌文炳傳宣撫問,因賜金二百。荊公望闕拜跪受已,語文炳曰:『安石間居無所用。』……」〔註8〕反映於居處條件之需求乃蔽風雨、供安適,非以富麗爲是,安石之〈得子固書因寄〉云:「竭來高郵住,巷屋頗卑濕。蓬蒿稍芟除,茅竹隨補葺。苟云御風氣,尚恐憂雨汁。」(20╱358),王安石居住高郵時期居住環境惡劣,但原則上只是要求家屋最基本的護育作用,故僅芟蓬蒿,補茅竹,在〈紙閣〉中王安石甚至自比爲草野之人,家屋之儉素爲宜:「聯屏蓋障一尋方,南設鉤簾北置床。側座對敷紅絮暖,仰窗分啓碧紗涼。氈廬易以梅烝壞,錦幄終於草野妨。楚縠越藤眞自稱,每糊因得減書囊。」(27╱488);其〈五柳〉云:「五柳柴桑宅,三楊白下亭。」(40╱741)以其宅比陶廬,也可見不崇飾宅第。梁啓超云:「罷政後日徜徉此間,借山水之勝以自娛,翛然如一野人,不復知爲曾造作掀天動地大事業開拓千古者也。」〔註9〕因之半山園的簡樸與王安石的淡泊性格、翛然如一野人存在著一致性,成爲反映園宅主人自我的一面鏡子。

半山園的外在景觀雖是質樸無文,但王安石退相後於園內挖溝鑿渠、扶植花木,使此小宅亦呈現了自然和諧的景觀,〈示元度〉云:

今年鍾山南,隨分作園囿。鑿池溝吾廬,碧水寒可漱。溝西雇丁壯,担土爲培塿。扶疏三百株,薜棟最高茂。不求

〔註5〕陸九淵:《陸九淵集》,頁151。

〔註6〕梁啓超:《王荊公》,頁185。

〔註7〕〔宋〕葉夢得:《石林燕語》(北京:中華書局,2006年),卷十,頁154。

〔註8〕葉夢得:《石林燕語》,卷十,頁145。

〔註9〕梁啓超《王荊公》,頁138。

鸂鶵實，但取易成就。中空一丈地，斬木令結構。五楸東都來，斫以繞檐溜。老來厭世語，深臥柴門竇。贖魚與之游，餒鳥見如舊。獨當邀之子，商略終宇宙。更待春日長，黃鸝唸清晝。（1／18）

詩中王安石向女婿蔡卞自道築園之事，其對營建半山園乃隨意自如的心態，不求華宅美廈，當建築完成，王安石深居簡出，從家屋中滿足了需求庇護的渴望，成為安頓心靈的歸宿，而在園宅中與魚鳥為友，魚鳥的自得其樂、悠閒安然，象徵了半山園是令人安逸自在的所在，不受外境干擾。

　　王安石對於營建半山園採取「但取易成就」的隨意自如的心態，也有因地勢影響及園宅主人的愛好而創造的景觀。〈題半山寺壁〉李壁注：「半山報寧禪寺，公故宅也。由東門至蔣山，此為半道，故以半山為名。其地亦名白塘，舊以地卑積水為患。公卜居，乃鑿渠決水，以通城河……寺西有培塿，乃荊公決渠積土之地。」（4／64）又〈後元豐行〉：「老翁塹水西南流，楊柳中間杙小舟。」（1／2）半山園地處白塘，容易積水為患，所以王安石在半山園周遭利用疏濬工程如塹水、鑿渠決水等，將積水導向其西南方向的流域，並且與城區的流域相互溝連，而半山園西亦有一小溝港，當王安石欲入城區，則可乘小舫從溝港出發泛潮溝以行，藉由水路的迴旋自如，可以逕往城東享受如白下門、白下亭的周邊景觀，同時王安石在園宅周遭扶植花木，亦見其林巒之盛：

吾廬雖隱翳，賞眺還自足。橫陂受後潤，直塹輸前瀆。跳鱗出重錦，舞羽墮軟（一作暖）玉。碧箭遞舒卷，紫角聯出縮。千枝孫峰陽，萬本母淇奧。滿門陶令株，彌岸韓侯薤。尚復有野物，與公新聽矚。金鈿擁燕菁，翠被敷首宿。（〈招約之職方並示正甫書記〉1／12）

吾廬所封殖，歲久愈華菁。豈特茂松竹，梧楸由冥冥。芰荷美花實，彌漫爭溝涇。（〈寄吳氏女子一首〉1／23）

舍南舍北皆種桃，東風一吹數尺高。枝柯薦綿花爛熳，美

錦千兩敷亭皋。晴溝漲春綠周遭，俯視紅影移漁舠。(〈移桃
花示俞秀老〉4／65)

半山園外觀雖僅蔽風雨、質樸無文，園宅內亦有欣欣生意，王安石於
詩中提及種類各異的花木，如竹、柳、梧楸、荷花、桃花，不同種類
的花木亦呈現獨具的美感，竹具有青翠鮮潔的色澤美與嬋娟曲柔、蕭
散飄逸的風姿，柳則特別有一種柔弱流暢的姿態美，梧桐的枝幹直挺
高聳，是遮陰的好資源，荷花有淡淡的幽香，生於水中，予人潔淨清
淡的印象，桃花在色澤形態上則為鮮明紅豔，〔註10〕王安石在園內栽
植花木但並未有細心規劃、安排的表述，類似於「但取易成就」的築
園心態，在腹地並不廣大的半山園中，仍可滿足其觀遊、審美的樂趣。

　　此欣欣生意又展現於王安石抒寫半山園景觀以花木與水體交織
的兼寫方式，花木各具風情，而倒映水面便漾生了波光與花體交織之
影，有時此交織之影彷彿蔓延於半山園四周，漲而瀰漫，有時一如〈杏
花〉中展現了靜謐空靈之美：「石梁度空曠，茅屋臨清炯。俯窺嬌嬈
杏，未覺身勝影。」(1／21)《彥周詩話》曾云：「荊公愛看水中影，
此亦性所好，如『秋水寫明河，迢迢藕花底』，又〈桃花〉詩云：『晴
溝漲春溔周遭，俯視紅影移魚舠。』皆觀其影也……」〔註11〕「石屋
度空曠，茅屋臨清炯」可以推測是王安石於半山園所見景緻，〈杏花〉
詩若抽離水體便不覺黯然消魂。綜上，因地卑積水為患與性之所好等
原因，半山園的人為景觀包含溝涇、「穿溝取西港」(〈寄德逢〉2／25)
的小港、培塿，蒔花藝草的點綴則增添了園內景觀的蘊藉迷濛之美。

　　除已討論王安石晚年營建半山園的動因、築園的心態、半山園所
象徵的存在意義，以及園宅所反映的主人的性格，與園宅內的景觀，
從其晚年詩文也可見王安石居處於半山園的自足：「吾廬雖隱翳，賞
眺還自足」(〈招約之職方並示正甫書記〉)、自得：「夢想平生在一丘，

〔註10〕可參侯迺慧：〈花木美感與栽植〉，《詩情與幽境》(台北：東大圖書，
　　　　1991年)，頁214～248。
〔註11〕何文煥：《歷代詩話》，頁225。

暮年方得此優遊。江湖相忘眞魚樂，怪汝長謠特地愁。」（〈寄吳氏女子〉42／810）與自我欣賞：「桑條索漠柳花繁，風斂餘香暗度垣。黃鳥數聲殘午夢，尚疑身在（一作屬）半山園。」（〈書湖陰先生壁二首〉之二43／822）表達了園宅主人對於園屋的眷戀，同時乃將空間轉化爲存有之領域，潘重陽云：「『所在』須以『主體我』爲核心才能被理解。一個『所在』，乃是某『主體我』占有著一個空間，而不斷地在此空間中生發著其『存有』的意義和價值，使此原屬空洞、中性、皮相的空間創造轉化成充滿人文之深層結構和內涵的空間。易言之，『所在』必含『所爲』，乃『主體』依其自由意志之主觀投射、創造、設計之下，有所爲而爲之後，形塑凸顯了一個空間成爲其『存有之領域』而產生。」〔註12〕王安石藉由對半山園的營建間接表達其晚年的人生態度，對園宅的命名則是此表達儀式的完成，其晚年居處其中而表露的眷戀之情，亦是對於自我理念的篤定與信任。

第二節　遊與其晚年心境

　　王安石於熙寧九年第二次罷相以後即實踐身閒的生活型態，此生活型態以具體行爲言之如讀書述志、誦詩說佛、築園、獨臥喜睡、作夢、養花放魚、奕棋、騎驢閒步、泛舟、遊山水、歷寺院、撫名勝等，〔註13〕而遊之活動即王安石晚年重要的生活方式，本節即討論其晚年

〔註12〕潘朝陽：《心靈・空間・環境：人文主義的地理思想》（台北：五南圖書，2005年），頁73。

〔註13〕以下各舉詩一例，讀書：「北窗枕上春風暖，謾讀毗耶數卷書。」（〈北窗〉27／489）；述志：〈成字說後〉（41／778）；誦詩：「南浦東崗二月時，物華撩我有新詩。」（〈南浦〉41／774）；說佛：〈擬寒山拾得十二首〉（4／70）；築園：「吾廬所封殖，歲晚愈菁菁。」（〈寄吳氏女子一首〉1／22）；獨臥：「欲尋春物無蹊徑，獨臥南床白日高。」（〈獨臥二首〉之一46／902）；作夢：「獨眠窗日午，往往夢華胥。」（〈晝寢〉22／389）；養花：「汲水置新花，取慰以流芳。」（〈新花〉2／36）；放魚：「捉魚淺水中，投置最深處」（〈放魚〉4／68）；奕棋：〈對棋與道原至草堂寺〉（4／67）；騎驢：「寒驢愁石路，余亦倦躋攀。」（〈自白門歸

遊之活動與其晚年心境的關係。首先遊是安石晚年的重要活動與常書寫的題材，其晚年遊蹤可考者如詩題中含有「登」、「重登」、「出」、「游」、「同游」、「再游」、「重游」、「游……遂至」、「游……過」、「宿」、「上」、「至」、「自……至」、「送於」、「送至」、「過」、「重過」、「自……過」、「步至」、「晚步」、「獨行」、「晚行」、「溯筏」、「題……壁」、「書……」、「歸」、「暮歸」、「晚歸」、「自……歸」，其中「登」等顯示了在空間中上下進出的動作，「再游」等顯示遊歷某地不只一次；「游……遂至」等是從某地遊至某地，當中可見遊地的轉移；「暮歸」等是書寫了遊歷的某一過程如已然接近尾聲，或者點明在某一時段、季節的遊歷；「獨行」等則表示為一人獨遊或多人同遊；「晚步」與「溯筏」則是遊歷所憑資的移動工具的不同，以上僅舉王安石晚年詩詩題中可考的部份，並不包含其餘在詩題中未明白表示但詩文可能旁述了遊歷的行為，以故遊之行為的確是王安石晚年重要的生活方式之一，也是其常書寫的題材。

而此遊之動因本文概括為兩部份，第一部份即在王安石晚年的置閒歲月中，從遊之動因至遊之活動的敘述，展現的情調乃閒適之樂。王安石晚年歸隱金陵是其在這一人生階段上一心於山林的表現，所以遊的活動即是以待盡於山林的隱逸生活為背景，此一不同於繁忙官場的生活方式，提供了充裕的閒散時光，從其晚年詩可發現在此閒散的時光中遊之活動的動因包含了一時興起的遊興、喜好遊之活動本身的樂趣、遊歷可消解疲勞、某地某時節適合遊賞等，這類書寫慣常地表現了閒適之趣。〈定林院〉云：「漱甘涼病齒，坐曠息煩襟。因脫水邊屨，就敷岩上衾。但留雲對宿，仍值月相尋。眞樂非無寄，悲蟲亦好

望定林有寄〉22／396）；閒步：「暮尋北郭歸，故繞東岡出。」（〈望鍾山〉5／87）；泛舟：「強扶衰病牽淮舸，尚怯春風溯午潮。」（〈秦淮泛舟〉43／836）；遊山水：「聊爲山水游，以寫我心惻。」（〈與望之至八功德水〉2／29）；歷寺院：「水南水北重重柳，山前山後處處梅。」（〈庚申游齊安院〉43／814）；撫名勝：「暮尋蔡墩西，獨覺秋尚早」（〈秋早〉5／86）。以上均見於王安石：《王荊公詩注補箋》。

音。」（22／384）李壁注：「退之謂『隱居者有托而逃焉』，即『寄』
之謂。」李壁在此以隱者托於山林即安石眞樂之所寄，隱逸生活的特
點即擁有寬綽之餘閒，提供其晚年「朝隨雲暫出，暮與鳥爭還」（〈自
白門歸望定林有寄〉22／396）的遊之活動的生活條件，此遊之活動
的動因如一時興起的遊興，〈東皋〉：「起伏晴雲徑，縱橫暖水陂。草
長流翠碧，花遠沒黃鸝。楚制從人笑，吳吟得自怡。東皋興不淺，游
走及芳時。」（22／380）、〈隨意〉：「隨意柴荊手自開，沿岡度塹復登
台。小橋風露扁舟月，迷鳥羈雌競往來。」（41／775）；或者因喜好
遊之活動本身的樂趣，〈秋早〉：「暮尋蔡墩西，獨覺秋尚早。山路葩
卉繁，野田風日好。禪林鳥初泊，經屋塵初掃。蠻藤五花簟，復足休
吾老。」（5／86）、〈山行〉：「出寫潺湲（一作清淺）景，歸穿蒼翠陰。
平頭均楚制，長耳嗣吳吟。暮嶺已佳色，寒泉仍好音。誰同此眞意？
倦鳥亦幽尋。」（22／383）；或者遊之活動可消解身心的疲勞，〈上南
岡〉：「暮塢屋荒涼，寒陂水清淺。捐書息微倦，委轡隨小蹇。偶攀黃
黃柳，卻望青青巘。幽尋復有興，未覺西林緬。」（5／88）、〈成自說
後與曲江譚棪丹陽蔡肇同游齊安院〉：「据梧枝策事如毛，久苦諸君共
此勞。遙望南山堪散釋，故尋西路一登高。」（43／817）；或者因某
地某時節適合遊賞，〈東陂二首〉之一：「荷葉初開筍漸抽，東陂南蕩
正堪游。」（42／796）、〈題黃司理園〉：「爲憶去年梅，凌寒特地來。」
（40／73）以上詩文所述並不限於某一動因，也可見其他動因的穿
織，但終歸爲愉悅的情調。

　　而王安石晚年遊之動因的第二部份即遊以消憂，憂是遊的動因，
而遊以消憂之「憂」的內涵，本文從其晚年詩中再分爲與其政治閱歷
及挫敗無關或有關者。從王安石晚年詩文所表露，遊以消憂也是其晚
年遊之活動的心理動因之一，遊以消憂之憂，可以因「親朋會合少，
時序感傷多」故「勝踐聊爲樂」（〈與道原游西庵送至草堂寶乘寺二首〉
22／390），因親友會合相聚的短暫、時序遷移等原因的交織故以遊消
解其自身的寂寞或愁緒。王安石晚年有時會因與親人不得相聚、知音

難尋的苦悶等而發出感嘆：「同胞苦零落，會合尚淒其。」（〈夜夢與和甫別如赴北京時和甫作詩覺而有作因寄純甫〉1／4）、「此身已是一枯株，所記交朋八九無。」（〈謝微之見過〉48／971）、「世事何時逢坦蕩，人情隨分值猜嫌。誰能胸臆無塵滓，使我相從久未厭。」（〈謝鄭𡚁秘校見訪於鍾山之廬〉37／701）皆是透露了自身的寂寞之狀，此時則藉遊之活動來消解孤獨之情或與友朋行將離別的愁緒，〈與望之至八功德水〉：「念方與子違，惝恍夜不眠。起視明星高，整駕出東阡。聊爲山水游，以寫我心悁。知子不餔糟，相與酌雲泉。」（2／29）呂嘉問行將離開金陵，與其同游山水以舒洩心之愁緒，此愁緒即因知音難尋又會合短暫所引發，另〈九日〉云：「九日無歡可得追，飄然隨意歷山陂。蔣陵西曲風煙澹，也有黃花一兩枝。」（41／769）重九佳節本是親人團聚之日，本詩卻是形單影隻的索漠之情，時序到來卻無法與親人相聚，而藉遊之活動紓解愁緒。

　　至於遊以消憂之憂的內涵是否與王安石政治上的挫敗相關，這是討論其晚年心境時無法回避的問題，這一部份可先從王安石早期詩文、散文及他人的評述作了解。王水照云：「宋代士人的人格類型自然是多種多樣、異彩紛呈的，從其政治心態而言，則大都富有對政治、社會的關注熱情，懷有『以天下爲己任』的責任感和使命感，努力於經世濟時的功業建樹中，實現自我的生命價值。這是宋代士人，尤其是傑出精英們的一致追求。」〔註14〕王安石青年期之〈憶作詩示諸外弟〉（20／360）即顯示「欲與稷契遐相希」的政治抱負，對於經世濟時富有積極的使命感，仕宦可以實踐士大夫「以天下爲己任」的核心價值，然而投入官場仍須有所犧牲，一如因公所需，無法與親友常聚，以王安石詩文爲例：

　　　不有親戚思，詎知遠游傷。（〈寄二弟時往臨川〉8／152）

　　　酒醒燈前猶是客，夢回江北已經年。佳時流落眞堪惜，勝

〔註14〕王水照主編：《宋代文學通論》（開封：河南大學出版社，2005年），頁13。

> 事蹉跎只可憐。（〈除夜寄舍弟〉39／728）
>
> 自憐湖海三年隔，又作塵沙萬里行。欲問後期何日是，寄
> 書應見雁南征。（〈示長安君〉30／553）
>
> 賤貧奔走食與衣，百日奔走一日歸。平生歡意苦不盡，正
> 欲老大相因依。空房蕭瑟施繐帷，青燈半夜哭聲稀。音容
> 想象今何處，地下相逢果是非。（〈一日歸行〉12／234）

為衣食奔走而南北調轉，佳時流落異鄉，稍聚又須北征，遠游的傷感
是生發於對親友的思念，而當終於卸下公務，欲與妻子吳氏老來相
伴，共度晚年，已相隔黃泉。二者則為仕宦生涯中因南北調轉所感受
的旅次之艱、漂泊之感：

> 何以忘羈旅，翛然醉夢間。（〈還家〉24／430）
>
> 旅病惛惛如困酒，鄉愁脈脈似連環。（〈姑胥郭〉38／719）
>
> 身隨飢馬日中行，眼入風沙困欲盲。心氣已勞形亦弊，自
> 憐於世欲何營。（〈真州馬上作〉48／960）
>
> 朝渡藤溪霜落後，夜過麾嶺月明中。山川道路良多阻，風
> 俗謠言苦未通。（〈寄沈鄱陽〉31／581）

旅次中身體的疲蔽，心理的孤苦，有時還須面對陌生的殊方土俗，而
自問何必如此汲汲營營，然而仕宦生涯中的聚散無常、漂泊之感，因
有政治理想的撐拄故可釋懷，王安石元豐時期所之〈中年〉云：「中
年許國邯鄲夢，晚歲從家壙埌游。南望青山知不遠，五湖青草入扁舟。」
（42／809）王安石將中年仕宦生涯喻為邯鄲一夢，然三四句卻表達
了中年時節南北為官與調轉亦不以為苦，率無倦意，但若政治理想遭
沮溺而落空，安石無奈之情溢於言表，其所予人之挫敗更甚於仕宦生
涯中所遭遇的聚散無常與漂泊之感。王安石早年的議政詩如〈省兵〉
（17／315）、〈收鹽〉（17／315）中的政治建議，因官卑職微未受採
納，嘉祐二年王安石知常州軍州事，以開河事敗受流言所擾：「衣裘
南北弊風塵，志格卑污已累親。流俗尚疑身察察，交游方笑黨頻頻。」
（〈次韻吳季野再見寄〉31／566）嘉祐四年歐陽修〈論包拯除三司使

上書〉云：「國家自數十年來，士君子務以恭謹靜愼爲賢，及其弊也，循默苟且，瀆惰寬弛，習成風俗，不以爲非，至於百職不修，紀綱廢壞，時方無事，固未嘗覺其害也。」〔註15〕由於北宋士大夫相習成風、循默苟且，使欲有作爲者動輒得咎，王安石開河事敗已可得謗如屋，變法事關國家大體，反對者又將如何？

英宗治平年間王安石居母喪時期蔣山贊元禪師對安石云其般若有障三：「公世緣深，懷經濟之志，用舍不能必，心未卑，又多怒，而學問尚理，於道爲所知愚，此其三也。」〔註16〕此即說明王安石與世上緣份很深，必然承受天下重任，然而雖懷有治國的志向，但並非藍圖都能實現，如此必使自己的心難以平靜，而心未平便很難實現治天下之志，同時性格多怒，學問尚理，天然自性被世俗知識所迷惑，以上即贊元所指安石般若有障三，當王安石的政治願景未能實現，而使己心難平，是贊元禪師從性格上評述王安石若遭逢政治挫敗後可能有的心境。神宗熙寧年間王安石施行變法，然熙寧變法形成三失，變法本欲振乏絕、惠貧民，終藉理財而舉事，使無懼於夷狄，卻在摧制兼并，設置制三司條例司，令宰相得干預財政等政爭焦點上，失去部份官僚士大夫的支持，此一失；新法推行過程，如散青苗錢使民不便，不堪其擾，失去下層支持，此二失；終致神宗猶疑，此三失也，「上亦滋厭安石所爲」，〔註17〕故而安石一反平日，托以婦人之口，作〈君難托〉：「人事反復那能知？讒言入耳須臾離……君難托，妾亦不忘舊時約。」（21／379），婉約言之，怨望之意顯然。

神宗熙寧九年王安石上〈與參政王禹玉書二〉總結變法遭逢之

〔註15〕楊家駱主編：《歐陽修全集》（台北：世界書局，1991年），下冊，奏議集卷十五，頁879。

〔註16〕〔宋〕阮閱編：《詩話總龜》（台北：廣文書局，1973年），後集卷四十四，頁1625。

〔註17〕〔宋〕李燾：《續資治通鑑長編》（北京：中華書局，2002），熙寧九年十月丙午條，冊11，卷二七八，頁6803。

狀：「顧自念行不足以悅眾，而怨怒實積於親貴之尤，智不足以知人，而險詖常出於交游之厚。」〔註18〕並請王珪代為達意，欲辭解機務，在辭解機務背後，實蘊含「已知吾事獨難行」（〈偶成二首〉之一31／572）的無奈，與「匹夫之志有不可奪」（〈求退箚子〉）〔註19〕對理想之堅持，故力辭之。王安石哀嘆的「行不足以悅眾」可從人事進用的例子來解釋，沈欽韓注王安石〈何處難忘酒二首〉（24／424）引王應龍《翠屏筆談》云：「鄭介夫和之云：『何處難緘口？熙寧政失中。四方三面戰，十室九家空。見佞眸如水，聞忠耳似聾。君門深萬里，安得此言通？』不知此詩曾達荊公否也。」鄭介夫和王安石之〈何處難忘酒〉，其中「見佞眸如水，聞忠耳似聾」指王安石變法期間獎掖新進少年並鄙薄老成，「見佞眸如水」指安石獎掖新進，但新進如呂惠卿之流後亦傾軋安石，〈經局感言〉（43／819）李壁注：「熙寧七年四月，公罷相知江寧，依舊提舉修撰經義。明年再相，經義成，拜左僕射。九年十月，以與呂惠卿交惡，力乞罷政，判江寧。」至於鄭介夫言王安石「聞忠耳似聾」，但在王安石的立場，此正乃流俗之不可講，其〈眾人〉便云：「眾人紛紛何足競？是非吾喜非吾病。」（21／378）以上而是有行不足以悅眾之嘆。

　　元豐三年（1080）安石上〈進字說表〉：「臣頃御燕間，親承訓敕，抱痾負憂，久無所成，雖嘗有獻，大懼冒浼，退復自力，用忘疾憊，咨諏討論，博盡所疑，冀或涓塵，有助深崇。」〔註20〕久無所成除是謙詞，也是王安石對過往政治生涯的自評，同年〈答呂吉甫書〉云：「與公同心，以至異意，皆緣國事，豈有它哉……然公以壯烈，方進為於聖世，而某茶然衰疢，特待盡於山林，趣舍異路，則相呴以濕，不如相忘之愈也。」〔註21〕在回覆呂惠卿的信中，安石首先申明二人

〔註18〕王安石：《王臨川文集附沈氏注》，卷七十三，頁467。
〔註19〕王安石：《王臨川文集附沈氏注》，卷四十四，頁258。
〔註20〕王安石：《王臨川文集附沈氏注》，卷五十六，頁354。
〔註21〕王安石：《王臨川文集附沈氏注》，卷七十三，頁464。

離合乃因國事，並無任何個人恩怨，從個人角度，當年獨惠卿相助，自不以呂爲憾；他人或言呂之惡，己不預其事，呂亦不應恨王，故初無疑惠卿之意，惠卿又有何舊惡可念，末稱呂正壯年，當有爲奮發，而己已是衰朽殘年，終老林下，進退異趣，不如相忘於江湖，這表示了王安石晚年憂的內涵之一並不是對於變法時期「怨怒積於親貴之尤，險詖出於交游之厚」的深恨，反而是〈進字說表〉中因「久無所成」仍冀有所獻所表露的憂國心態。

熙寧十年（1077）距王安石熙寧九年第二次罷相相距不過一年，此時從其詩中還能發現對熙寧年間所遭逢之狀有較爲直接的表露或體會，「紛紛擾擾十年間，世事何嘗不強顏」〈贈僧〉（48／951）、「江上悠悠不見人，十年塵垢夢中身。」（〈出定力院作〉48／945），而隨著閒居之時日長，詩作書寫風格的轉向，已較少有類似於此與新政或時政相關所直接顯露的心緒，其晚年所作之〈元豐行示德逢〉（1／1）、〈後元豐行〉（1／2）、〈歌元豐五首〉（41／763）基本上是間接肯定了新政的成就，但是如〈獨臥有懷〉：「午鳩鳴春陰，獨臥林壑靜。微雲過一雨，淅瀝生晚聽。紅綠紛在眼，流芳與時競。有懷無與言，佇立鍾山暝。」（4／80）「紅綠紛在眼，流芳與時競」則可能用以表達黨爭之不休，表明了王安石對於過去所遭逢之狀或者當前的政治情勢並非毫無意識，但詩人改變了過去所採取的直截的表露如早年的議政詩或變法時期的詠史詩所見的立場鮮明、直言不諱，改之爲含蓄溫婉的風格，這表示了其本身的政治態度或與此相關的心境在詩的這一體裁中因與詩風轉變的聯繫，導致了欲說還休的方式，所以其晚年遊之活動是否與政治上的挫敗或變法的無以爲繼相關，而欲以遊消解之，較無法從其晚年詩中找到直接的表述，但也相對說明了王安石對於這一部份可能將之置於更爲私密的底層而思考之，正因如上之轉變，使得後人藉由其詩文詮釋其晚年的政治態度，產生了不同的看法，安石之〈杖藜〉云：

杖藜隨水轉東岡，興罷還來赴一床。堯桀是非猶（一作時）

　　　　入夢，因知餘習未全忘。(41／772)

《蔡居厚詩話》曾記載：「荊公居中（按：一作鍾）山，一日畫寢，夢有服古衣冠相過者，貌甚偉，曰：『我，桀也。』與公論治道，反覆百餘語，不相下。公既覺，猶汗流被體，若作氣劇。因笑語客曰：『吾習氣尚若是乎？』乃作小詩識之，有『堯、桀是非猶入夢，因知餘習未能忘』之句。」〔註22〕若依照《蔡居厚詩話》所記載，本詩暗示了王安石晚年身在山林，心存魏闕，鄧廣銘釋此詩便傾向這種觀點，即安石暮年乃時刻深切關懷朝廷上的政治局勢，〔註23〕李燕新釋此詩則云：「此乃公暮年時猶關心朝政之得失，未能全忘政治之意也。然此故乃偶發之情懷，要皆其時公之心情實已多寄於山水草獸而已。」〔註24〕以為此作所抒發者乃偶發的情懷，而蔡上翔解釋此詩的本意在於：「莊周言『與其是堯而非桀，不如兩忘而化其道。』公詩意本此。祗言是非難忘，不在乎堯、桀也。」〔註25〕即認為本詩在傳達超達的人生態度，而不專就政治發言，要之，三種詮釋形成三種不同的心境與底蘊。由於王安石豐富的政治經歷及其集政治家、學者、詩人角色於一身，並在各個領域皆有其影響力，以及元豐年間其撰作《字說》爾後上呈神宗的行動及其晚年箚子、書信中的自陳，故而三種詮釋其實皆有所依據，但這也表示了在討論王安石晚年遊之動因是否與其政治閱歷必然相關時，既乃無法回避的部分，但又須避免過度詮釋。

第三節　範域感與移動路線考索

　　遊之活動乃王安石晚年重要的生活方式之一，遊乃是在空間中上

〔註22〕吳文治主編：《宋詩話全編》（南京：江蘇古籍出版社，1998），冊一，頁627。

〔註23〕鄧廣銘：《北宋政治改革家王安石》，《鄧廣銘全集》（石家莊：河北教育出版社，2005年），卷一，頁290。

〔註24〕李燕新：《王荊公詩探究》（台北：文津出版社，1997），頁244。

〔註25〕蔡上翔：《王荊公年譜考略》，卷二十二，頁562。

下進出的動作，遊之最具體的表現方式即移動，以下即欲討論王安石晚年的移動經驗，及此移動經驗所表現的範域感。

　　姚亦鋒在分析金陵的地理格局時認為，金陵的人文景觀的建設受到其地理條件的影響，這包含了三條山脈：北部沿江幕府山脈，中部鍾山西延覆舟山脈，南部牛首山脈；二條河流：南部秦淮河與北部金川河；三個湖泊：玄武湖、莫愁湖和燕雀湖，〔註26〕影響了古都景觀的建設，姚氏的分析有助於我們掌握金陵的地理格局，然而王安石晚年遊蹤所形成的範域感應從其主體性來詮釋，也即同一地理環境會因不同主體而有內涵不盡相同的的範域感，範域（domain）一詞是挪用自現象學建築學者諾伯格‧斯卡爾斯（Christian Norberg-Schulz）的理論，其認為人類生存空間的要素包含了「中心及所在（場所）」、「方向及路徑」、「區域及範域」，場所是指以自我為中心，從家為核心往外擴展的社交活動地點，具有顯著的範圍，具有親近、集中、封閉等特徵。路徑則連接兩個已知場所或從既知場所導引至未知地點，路徑可將生存空間形構成一特殊的範域。範域則具備了充足的意象，使人想像生存空間的一致性，進而建立起人與自然環境間的秩序。〔註27〕

　　半山園是王安石晚年有意識的再造新居的成果，它是家的所在，從王安石對於半山園位址的描述可以發現潛藏於其中的王安石的範域感。王安石晚年曾先後居住於半山園與秦淮小宅，半山園是其於熙寧八年（1075）始構想而後於元豐年間建築完成，〔註28〕秦

〔註26〕姚亦鋒：《南京城市地理變遷及現代景觀》（南京：南京大學出版社，2006），頁47。

〔註27〕潘朝陽：《心靈‧空間‧環境：人文主義的地理思想》（台北：五南，2005年），頁75。

〔註28〕熙寧八年冬，王安石在復相後所作之〈與沈道原舍人書〉：「又復冬至，投老觸緒多感，但日有東歸之思爾。上聰明日隮，然流俗險膚，未有已時，亦安能久自困苦於此，北山松柏聞修雅說已極茂長，一兩日令俞遜往北山，因欲漸治垣屋矣。」即表達了築園的想法。王安石：《王臨川文集附沈氏注》，卷七十五，頁477。

淮小宅則是其於元豐七年（1084）捨半山園爲報寧禪寺以後於元豐
八年所居的城區住宅，鍾山的定林院昭文齋則是王安石撰作《字說》
的所在，這其中首先應注意者是半山園，因半山園是由王安石親自
參與建築與命名，是主體自覺性的創造，所以半山園除了具有家屋
的護育功能以外，它也具有一心於山林的存在意義，象徵著王安石
晚年生涯的開始。王安石對半山園的位址有幾種說法，一是半山園
位於江寧府上元縣，即〈乞以所居園屋爲僧寺并乞賜額箚子〉所云：
「以臣今所居江寧府上元縣園屋爲僧寺一所，永遠祝延聖壽。」〔註
29〕二是半山園位於鍾山南，〈送陳和叔〉詩王安石自序云：「元豐
元年，某食觀使祿，居鍾山南，和叔經略廣東，道舊故悵然。某作
此詩，以敘其事。」（27／492）又〈示元度〉「今年鍾山南，隨分
作園囿。」（1／18），或甚而云乃鍾山之廬，見詩題〈謝鄭靈秘校
見訪於鍾山之廬〉（37／701），再者是半山園位於白下門外，白下
門即江寧府城東門，〔註30〕〈封舒國公三首〉之一：「國人欲識公
歸處，楊柳蕭蕭白下門。」（42／799），最後還可以參考《續建康
志》的說法，即半山園的位址距離西邊的城區爲七里，距離東北方
向的鍾山也是七里，王安石「築第於白下門外，去城七里，去蔣山
亦七里。」〔註31〕以上不同的說法指的都是半山園的位址，第一種
說法王安石所面對的對象是宋神宗，在此正式的描述下，半山園是
江寧府上元縣所有可居住宅中之一，無法感受園宅主人對於園屋的
情感，第二三種描述乃出於王安石詩作，其使用了「鍾山南」、「白
下門」以描述半山園的位址，「鍾山」與「白下門」是王安石晚年
常以之入詩爲題的地名、地景，參考〈題半山寺壁〉李壁注，若王

〔註29〕王安石：《王臨川文集附沈氏注》，卷四十三，頁252。

〔註30〕白下門名白下有三說，《六朝事跡類編》云一說爲：「謂本江乘縣之
　　　　白石壘，以其地帶江山之勝，故爲城於此曰白下城，東門謂之白下，
　　　　正其往路也。」〔宋〕張敦頤：《六朝事跡類編》（台北：世界書局，
　　　　1976），卷上，頁94。

〔註31〕周應合：《景定建康志》引，卷四十二，頁1376。

安石用「白塘」指稱半山園的位址更能符合實際情況，但王安石並未使用「白塘」，也未曾以「白塘」這一地名入詩或爲題，王安石使用更能貼近個人主觀愛好的地名：「鍾山」與「白下門」，以親切熟悉的地名描述親切熟悉的所在：「家」，同時也是以「鍾山」、「白下門」圈圍了作爲中心的「家」，如同人們會以一熟悉或名氣響亮的地標解釋家的所在或當下所處的位置，以故從鍾山南麓至白下門外的這一地帶可視之爲王安石晚年以半山園爲中心推擴而外的一基礎的範域。

　　這一基礎的範域從半山園往東北可至鍾山，從半山園往西經白下橋、白下門可至城區，從安石晚年詩中所使用的城郭與山林的意象可進一步說明此基礎的範域。熙寧十年王安石與金陵的友人段縫有密切的交游，段縫住於城區東南青溪大橋邊，段縫宅在過去是南朝陳江總的宅第，《方輿勝覽》：「江令宅，陳尚書令江總宅也。《建康實錄》云：『南朝鼎族多夾青溪，江令宅尤占勝地。後主嘗幸其宅。』……今城東段大夫之宅，正臨青溪，即其地也。」〔註32〕王安石在〈招約之職方並示正甫書記〉（1／12）一詩中先敘述了段縫園宅的美景，接著述說了半山園的景緻，詩末寄語段縫能來半山園一遊：「雖無北海酒，乃有平津肉。翛翛仙李枝，城市久煩促。寄聲與俱來，蔭我台上谷。」王安石向段縫表示若久居於城市而生煩促，不妨可來半山園一遊，即安石認爲半山園是遠離城市，與位於城區東南的段縫園宅在所處空間的意義上有所區隔，爾後當段縫又大肆營建園亭，王安石寄詩曰：「竹柏相望數十楹，藕花多處復開亭。如何更欲通南埭，割我鍾山一半青。」（〈戲贈段約之〉43／831），段縫園宅面積本就廣大，已占有青溪大橋邊的美景，段縫又欲擴建園亭通往南埭，南埭在南宋爲上水閘，上水閘在青溪中橋，位於青溪大橋的西北邊，〔註33〕難道連鍾山的景緻

〔註32〕〔宋〕祝穆撰，祝洙增訂：《方輿勝覽》（北京：中華書局，2003 年），卷十四古蹟類江令宅，頁 251。

〔註33〕可參周應合：《景定建康志》卷十六南埭條，頁 914、卷十六青溪七

也要佔為己有嗎，以諧謔的筆調暗諷段縫對於美景的貪婪。鍾山並非王安石一人獨有，但在王安石的心靈層面上似乎唯有半山園才能收納鍾山的山色：「割我鍾山一半青。」這與其使用鍾山標明半山園位址的心態相呼應：「今年鍾山南，隨分作園圃。」（〈示元度〉）

半山園與段縫園宅在王安石的範域感中是被區隔的兩個地段，這兩個地段即城郭與山林的對比，王安石〈戲城中故人〉云：「城郭山林路半分，君家塵土我家雲。莫吹塵土來污我，我自有雲持寄君。」（43／830）、〈和郭功甫〉：「且欲相邀臥看山，扁舟自可送君還。留連城郭今如此，知復何時伴我閑？」（41／783）、〈示王鋒主簿〉：「君正忙時我正閑，如何同得到鍾山。」（43／830）半山園與鍾山一帶對王安石而言是宜於棲隱的區域，在此區域可實踐身閑的生活型態，王安石對於城區並無特別的貶抑，只是久處於城市可能使人心生煩悶如〈招約之職方並示正甫書記〉所示，〈和郭功甫〉、〈示王鋒主簿〉中城郭空間所代表的生活型態乃是與鍾山區域所引發的閑情逸致相對立，只要轉換空間似乎就能帶來身心上的愉悅，因而當王安石於鍾山定林寺眺望山下，有了這樣的描寫：「眾木凜交覆，孤泉靜橫分。楚老一枝笻，於此傲人群。城市少美蔬，想今困愵焚。且憑東南（一作北）風，持寄嶺頭雲。」（〈定林寺〉4／65）泉與雲在此詩帶有清涼的意味，可紓解城市中炎熱的肆虐，暗喻了身處山林可紓解久處城市的煩促。

但王安石也意識到心境的轉變可以突破空間的限制與對立，其〈蒙亭〉云：「隱者安（一作委）所逢，在物無不足，山林與城市，語道歸一觳⋯⋯豈於喧與靜，趣舍有偏獨。」（15／281）〔註34〕山

〔註34〕 橋條，頁 902。
李德身《王安石詩文繫年》中本詩雖未繫年，但《景定建康志》卷十九：「熙寧八年，僧道光披榛茭，得泉深五尺，穴竹引注寺中，由嶺至寺凡三百步，王荊公手植二松於其傍，其後道光又得二泉，合為一派，主寺者，作屋覆於其上，名曰蒙亭，以此泉得之道光，故名道光泉。」即熙寧八年道光得泉，其後又得二泉，故主寺者作屋

林指隱者所居，城市則是與山林相對之地，而隱者應安於所逢，不
應偏獨於城市、喧／山林、靜等任何一方，〈招呂望之使君〉：「委
質山林如許國，寄懷魚鳥欲忘形。」王安石已表達一心於山林之志，
隱者即其晚年的自我認同，故〈蒙亭〉即王安石對其暮年心境的理
想認知，藉由題詠鍾山的蒙亭以闡述此一超越的態度，即身處山林
卻不應偏獨，同時一心於山林是爲追求閒之生活與身心的安泰舒
緩，心閒則身閒，心閒則境閒，以故空間的轉換就不必是閒的必要
條件，城郭與山林的界限便可消弭，王安石在〈北山三詠·寶公塔〉
其二覺海方丈：「往來城府住山林，諸法翛然但一音。不與物違眞
道廣，每隨緣起自禪深。舌根已淨誰能壞？足迹如空我得尋。歲晚
北窗聊寄傲，蒲萄零落半床陰。」（26／484）安石以爲覺海方丈不
與物違、緣起自在，眞性如如不動，首聯不僅在說明覺海居鍾山，
亦暗喻其已無分別，不拘於佛門塵俗，安石素欽敬覺海，覺海之境
界亦是超越了空間的對立。

曰蒙亭，以此可推斷〈蒙亭〉的創作時間應爲熙寧八年以後，作爲
近晚或晚年詩當無疑。頁 968。

王安石晚年遊蹤路線圖

　　城郭與山林的對比結合王安石晚年在上元縣的一基礎的範域感，可以將其晚年的移動經驗與遊蹤以三區的形式劃分之，城郭與山林界限的消弭則又支持著王安石晚年遊蹤並未絕跡於城區，甚而悠遊城區的事實，如下表：

表一　王安石熙寧九年以後的移動路線〔註35〕

鍾山區域之地名、地景	區域路線
鍾山、定林寺、寶乘寺、法雲寺（又名章義寺）、西庵、西莊、寶公塔、雱祠堂、五愿木、獨龍岡、南岡、東岡、白土岡、八功德水、道光泉、一人泉、霹靂溝、白蓮亭、涍亭、木末軒、昭明讀書臺、蔣陵（即孫陵）、九日臺、楊德逢莊	游北山、宿北山、鍾山晚步、蔣山手種松、題北山隱居王閒叟壁、北山暮歸、鍾山→半山園（〈獨歸〉） 題雱祠堂、登寶公塔、重登寶公塔、寶公塔←→定林寺（〈元豐二年僧修定林路成〉）、自讀書臺上過定林、登定林山（〈定林示道原〉）、同游定林寺、定林所居、宿定林、題定林壁、題定林壁、書定林院窗、出定力院、定林寺→謝公冢→土山（〈游土山示蔡天啓秘校〉）、自定林過西庵 游西庵遂至草堂寶乘、游西莊過寶乘、至草堂寺、游草堂寺、重游草堂寺 至八功德水、游八功德水、書八功德水庵 至霹靂溝（〈霹靂溝〉） 歷涍亭 潮溝←→法雲寺（〈過法雲寺〉）、游章義寺 登東岡、東岡←→半山園（〈寄四姪旅二首〉）、緣塹→穿橋→東岡、轉東岡（〈杖藜〉）、散策東岡、東岡→北郭 遊蔣陵（〈九日〉） 過楊德逢莊、楊德逢莊←→半山園（從一系列與楊德逢詩想象）
半山園區域之地名、地景	區域路線

〔註35〕表一區域之地名地景，部份未有明確之路線，擇其要者附入，以明地理之梗概，可與附表參看。路線所擇，以詩題詩文詩意具明確路線者，路線後不附詩作，即自詩題、內文而來，詩意具明確路線則另附詩題於後，其餘以金陵地名、地景入詩爲題，但不敢妄斷爲具明確路線，仍可見於附表。

半山園（半山寺）、謝安墩	鍾山←→半山園（〈獨歸〉、〈題北山隱居王聞叟壁〉）、題半山寺壁、城中←→半山寺（〈溯筏〉一作〈過故居〉） 至謝安墩（〈謝公墩〉、〈謝公墩二首〉）、定林寺→謝公冢→土山（〈游土山示蔡天啓秘校〉）
城區域之地名、地景	區域路線
城北：永慶院 城東（東南）：白下門、白下亭、宋興寺、齊安院、光宅寺、段氏園宅、南埭 城南：秦淮河、南浦、長干里、烏衣巷、雨花臺、高座寺、瑞相寺（又名退居院、鐵索寺）、長干寺、欣會亭、佳麗亭、朱雀航、古冶城、白門（宣陽門）、南浦 城西：清涼寺、正覺禪寺、籜龍軒、石頭城、新冶城、白鷺洲、西州 城中：城中居、台城寺（即同泰寺舊基） 南岡	題永慶壁 至段氏園宅（據詠段氏園亭等詩）、隔淮（〈春日晚行〉）、自淮上復至齊安、游齊安院、游齊安院、游齊安院、同游齊安院、題齊安寺山亭、題齊安壁、至光宅寺（〈光宅寺〉） 游城東（〈游城東示深之德逢二首〉）、城中←→半山寺（〈溯筏〉一作〈過故居〉）、城中居 題勇老退居院 南浦←→半山園（〈晚歸〉） 送於白鷺洲（〈己未耿天騭著作自烏江來予逆沈氏妹於白鷺洲遇雪作此詩寄天騭〉）、宿清涼寺、送於清涼寺（〈清涼寺送王彥魯〉）、題清涼寺壁、題籜龍軒 臺城寺側獨行、自白門歸 上南岡

　　自王安石一基礎的範域感並結合其對城郭與山林的對比的書寫，綜合以上線索，便可以地理空間的角度，將其晚年的移動經驗以城區域、半山園區域、鍾山區域的分類方式劃分。《避暑錄話》云：「（王安石）嘗蓄一驢，每旦食罷，必一至鍾山，縱步山間，倦則扣定林寺而臥，往往至厔乃歸，有不及終往，亦必跨驢半道而還。」王安石每旦食罷，必一至上元縣的鍾山，鍾山是宜於棲隱的山林，半山園區域是鍾山南麓至白下門外圈圍著半山園的這一核心地帶，仍屬上元縣，而王安石詩文所指的城區域應是以北宋江寧府城郭所含蓋的範圍，北宋江寧府治則沿南唐宮城之舊位於城郭之內：「南唐宮，即皇朝舊府治。」〔註36〕又

〔註36〕周應合：《景定建康志》，卷二十一，頁997。

《〔嘉慶〕新修江寧府志》云：「宋建康府城，即南唐都城府治，即南唐宮城。」〔註37〕另外上元縣的西界與江寧縣的東界是以城郭內的御街中分爲界，上元縣「西至江寧縣界一里，以御街中分爲界。」〔註38〕即府城附郭上元、江寧二縣，所以從地理空間的角度，王安石晚年的移動經驗主要集中於上元縣，並可以三區的形式劃分。

但在王安石超越的態度上，即城郭與山林界限的消弭，以三區的形式分類其移動經驗與遊之活動則顯得較無意義，就此態度，城郭與山林已無分別，此亦反映於王安石對城區景觀的書寫方式，及文獻上對其無心之遊的記載。王安石對久居於城的友朋有時會出以幽默的口吻而嘲弄之，但王安石晚年遊蹤並未絕跡於城，其筆下的城區景觀仍是一適於閒遊的所在：

麗澤門西日未俄，水明沙淨卷纖羅。（〈游城東示深之德逢二首〉之二 43／826）

菱暖紫鱗跳復沒，柳陰黃鳥囀還飛。（〈段約之園亭〉26／468）

南浦隨花去，回舟路已迷。暗香無覓處，日落畫橋西。（〈南浦〉40／743）

岸迴重重柳，川低渺渺河。不愁南浦暗，歸伴有嫦娥。（〈晚歸〉40／752）

敧眠隨水轉東垣，一點炊煙映水昏。漫漫芙蕖難覓路，翛翛楊柳獨知門。青山呈露新如染，白鳥嬉游靜不煩。朱雀航邊今有此，可能搖蕩武陵源。（〈段氏園亭〉26／469）

安石雖認爲久居於城市易使人心生煩促，但在其遊的經驗裡對於城區風光帶的描繪，並非是「君家塵土」（〈戲城中故人〉）之地，在〈蒙亭〉一詩，王安石以爲隱者應安於所逢，不應偏獨，其詩所呈顯的城區風貌便是其無入而不自得的企求與展現，因此何必只有鍾山區域才是適於棲隱的山林？城區域也可以是精神上的桃花源、理想的勝境。

〔註37〕呂燕昭、姚鼐：《〔嘉慶〕新修江寧府治》，卷八，頁101。
〔註38〕周應合：《景定建康志》，卷十五，頁886。

而在《清虛雜著》的記載，王安石遊之活動的特徵乃無目的、無定向，城郭與山林的空間的對立不復存在：「王荊公領觀使，歸金陵，居鍾山下，出即乘驢，予常謁之。既退，見其乘之而出，一卒牽之而行。問其指使：『相公何之？』指使曰：『若牽卒在前，聽牽卒；若牽卒在後，即聽驢矣。或相公欲止即止，或坐松石之下，或田野耕鑿之家，或入寺。隨行未嘗無書，或乘而誦之，或憩而誦之。仍以囊盛餅十數枚，相公食罷，即遺牽卒；牽卒之餘，即飼馬驢矣。或田野閒人持飯飲獻者，亦為食之。蓋初無定所，或數步復歸，近於無心者也。』」〔註39〕據隸卒所云，王安石的遊之活動完全隨意自如，欲止即止，欲行即行，或數步復歸，或無定所，依此無心的心態，空間乃供其漫遊的場所，城郭與山林的對立與界圍亦不存在。

　　以上乃討論王安石晚年一基礎的範域及城郭山林意象的使用所透露的範域感的兩個面向：城郭與山林的對立與界限的消弭。綜合三方面可知，王安石晚年的遊之活動與移動經驗首先建立在一核心地帶，即鍾山南麓至白下門外圈圍著作為中心的家的一基礎範域，在此中心主體感到舒適與安全，〈偶書〉云：「穰侯老擅關中事，長恐諸侯客子來。我亦暮年專一壑，每逢車馬便驚猜。」（48／964）在〈偶書〉中王安石已區別了內部與外部世界，與專一壑的內部相對立的是車馬所帶來的外部世界，外部世界所存在的紛擾容易使其有心緒上的波動不寧，而封閉的內部世界則易使其感到安全，《續建康志》云王安石「所居之地，四無人家」，四無人家的居住條件便更強化了中心與一基礎範域的封閉性，從一核心地帶向外推擴即其城郭與山林意象的使用所透露的範域感的兩個面向，一方面遊之活動乃隨其所適的自由之選擇，鍾山區域似乎是更宜於棲隱遊歷之地，另一方面乃無分別或無定向的近於漫遊，城區域亦適於遊觀，甚而遊之活動是否必為鍾山或城區已無關緊要，綜合三方面，則形成了王安石晚年可被識別的主體的範域感。

〔註39〕〔宋〕王鞏：〈清虛雜著補闕〉，《清虛雜著》（台北：藝文印書館，百部叢書集成，1967 年），知不足齋叢書四，頁 4。

第四節　山水知遇

　　遊之活動是王安石晚年的生活方式之一，以是形成其晚年與金陵境內地景頻繁的互動，故藉由「山水知遇」的概念以探討此一人地關係。山水的意義並非純然的客體存在，而要開放給知己，所謂的知己，當是自認第一位發現該山水的意義者，主體賦予山水價值，甚而使其增重於世，也藉由山水意義的尋求證明了自己的價值，故而山水知遇亦為主體與山水之間彼此回饋的關係。〔註40〕對於此問題可先由王安石以金陵地名、地景入詩為題的字頻統計來切入。

　　王安石熙寧九年以前與熙寧九年以後以金陵地名、地景入詩為題者，共牽涉地名一百三十八個，而此一百三十八個地名的字頻統計如下：鍾山71首、定林寺21、金陵14、秦淮河11、東岡11、白下門11、寶乘寺9、齊安寺8、西崦7、冶城7、長干里6、白蓮庵6、寶公塔5、南浦5、八功德水5、光宅寺5、石頭城5、半山園5、孫陵4、清涼寺4、白下亭4、東陂4、南蕩4、法雲寺4、牛首山4、西州4、高齋3、臨春閣3、揚州3、長干寺3、段氏宅園亭3、獨龍岡3、北渚3、謝公墩3、永慶院3、蕭寺3、南埭3、江寧2、湖陰2、建業2、白下2、中茅山2、五願樹2、白石岡2、證勝寺2、正覺禪寺2、宋興寺2、祈澤寺2、華藏院2、悟眞院2、曲城2、賞心亭2、南澗樓2、辱井2、射雉場2、潮溝2、彎碕2、南岡2、東皋2、土山2、迷子洲2、楊德逢莊2、龍安津2、白蓮亭2、洊亭2、籠龍軒2、雨花臺2、大茅山1、仙几山1、小茅山1、覆舟山1、玄武湖1、南塘1、蔡洲1、昇州1、秣陵1、句容1、棲霞寺1、龍光寺1、玉晨觀1、白鶴廟1、養龍池1、景陽宮1、台城1、東府1、此君亭1、江寧府園1、小金山1、徐秀才園亭1、籌思亭1、結綺閣1、五龍堂1、馳道1、雞鳴埭1、三品石1、上元1、幕府山1、鳳臺山1、白鷺洲1、白土岡1、東嶺1、一人泉1、道光泉1、洗缽池1、青溪1、朱湖1、

〔註40〕毛文芳：〈晚明的旅遊小品〉，《旅遊文學論文集》（台北：文津出版社，2000年），頁39～45。

直瀆 1、靜照禪師塔 1、東庵 1、淨相寺 1、鐵索寺 1、台城寺 1、景德寺 1、靈曜寺 1、西莊 1、溪姑祠 1、雱祠堂 1、芙蓉堂 1、欣會亭 1、佳麗亭 1、黃司理園 1、何氏園亭 1、城中屋 1、劉全美所居 1、司馬門 1、臺城宣陽門 1、麗澤門 1、朱雀航 1、五城 1、余婆岡市 1、蔡伯喈讀書臺 1、昭明讀書臺 1、九日臺 1、五馬渡 1、桃葉渡 1、霹靂溝 1、烏衣巷 1、渡口 1 首。

　　而在一百三十八個地名中共十七個地名重覆出現於熙寧九年以前與熙寧九年以後：鍾山 71 首（前 29，後 42）、定林寺 21（前 2，後 19）、金陵 14（前 12，後 2）、秦淮河 11（前 2，後 9）、東岡 11（前 1，後 10）、白下門 10（前 2，後 8）、冶城 7（前 5，後 2）、長干里 6（前 3，後 3）、白蓮庵 6（前 1，後 5）、石頭城 5（前 3，後 2）、牛首山 4（前 3，後 1）、西州 4（前 1，後 3）、長干寺 3（前 1，後 2）、蕭寺 3（前 1，後 2）、南埭 3（前 1，後 2）、悟眞院 2（前 1，後 1）、五願樹（前 1，後 1）。

　　以上之所以先析離出此十七個地名，乃在假設王安石對某一地名或地景有一持續的關注及吟詠的興趣，故而橫跨了熙寧九年以前與熙寧九年以後的兩個時段，再配合詩文，從此單位群的眾多作品中，找尋富於深厚情感之依託者，進而將「山水知遇」的概念分為時間性與空間性以探討王安石的人地互動，時間性即王安石與金陵山水互為知遇的過程，恐怕非短暫之邂逅即彼此深契，空間性即景觀在視覺上無法被強行割裂，每一被王安石揀擇入詩的地名所代表的地景均不是單獨的存在，假使將每一地景視作一感覺點，感覺點彼此相繫則形成一主觀的感覺區或主體所喜好的風景區，容或有王安石較為關注的感覺點，亦有經王安石選擇入詩然而較不被關注的感覺點，所以山水知遇中的「山水」並不是一僵直的框架，僅能容納某山某水，或非得排除某一較少被關注的地景，將其從空間的鄰近關係中抹除，以下擇其概要闡述。安石之〈和微之登高齋二首〉之一云：「江南佳麗非一日，況乃故國名池臺。能招過客飲文字，山水又足供歡咍。」（9／166）

金陵的靈秀山水特別能引發騷人墨客的流連並逗引詩興，在金陵境內的眾多山脈中，王安石對鍾山情有獨鍾，鍾山是王安石持續吟詠的地景，以下列舉詩作，即顯現王安石與鍾山由陌生至熟稔、相知的過程：

> 故畦拋汝水，新壟寄鍾山。爲問揚州月，何時照我還？（寶元二年 1039〈雜詠四首〉之一 40／747）

> 人間投老事紛紛，才薄何能強致君。一馬黃塵南陌路，眼中唯見北山雲。（熙寧元年 1068〈人間〉45／879）

> 投老歸來供奉班，塵埃無復見鍾山。何須更待黃梁熟，始覺人間是夢間。（熙寧七年 1074〈懷鍾山〉45／874）

> 終日看山不厭山，買（別本作愛）山終待老山間。山花落盡山長在，山水空流山自閑。（〈游鍾山〉44／864）

〈雜詠四首〉之一作於王安石少年時期，因父王益之故家於金陵，是時安石思念臨川，欲歸不得，與其還鄉的渴望相對照，金陵遠非故土，鍾山亦只是陌生的地景，〈人間〉、〈懷鍾山〉作於熙寧年間，王安石憶念鍾山之同時將鍾山理想化、潔淨化，黃塵、塵埃等意象反襯鍾山爲一出世清靜之地，至晚年閒居時期安石所作之〈游鍾山〉，與鍾山已達相看兩不厭的階段，以老山稱呼鍾山，待之如老友，因而王安石對於鍾山的情感並非一見如故即熱烈傾心，反有待時間的蘊釀積累，相似的軌跡與模式也可見於王安石對於定林院、白下門的書寫，下列關於定林院的作品：

> 誰拂定林幽處壁，與巖圖寫繼吾眞。（熙寧八年 1075〈次韻張德甫奉議〉26／482）

> 天女穿林至，常娥度隴來。欲歸今晼晚，相值且徘徊。誰謂我忘老，如聞蟲造哀。鄰衾亦不寐，共盡白雲杯。（元豐年間〈宿定林示寶覺〉22／397）

> 漱甘涼病齒，坐曠息煩襟。因脫水邊屨，就敷巖上衾。但留雲對宿，仍值月相尋。眞樂非無寄，悲蟲亦好音。（元豐年間〈定林院〉22／384）

> 窮谷經春不識花，新松老柏自欹斜。殷勤更上山頭望，白

下城中有幾家？（元豐年間〈定林院〉42／799）

王安石熙寧九年以前的兩首作品：〈同熊伯通自定林過悟眞〉、〈次韻張德甫奉議〉，難以對鍾山的定林院有一完整印象，但自其閒居時期開始，以定林院入詩爲題的作品增多，上列三首均作於安石罷相以後，或就宿於定林院，不寐而飲茶，或遊憩於定林院周遭，以及由定林院附近俯視城區，其筆下的定林院皆爲遠離塵俗、幽深靜謐之處，並喜好獨自悠遊於此，深靜的氛圍易使人精神向內收束，不務外馳，在此一制高點俯視城區則一覽無遺，城區的景觀特色可見於對白下門的書寫：

> 穿橋度塹只閒行，詠石嘲花亦漫成。嚼蠟已能忘世味，畫脂那更惜時名。長干里北寒山紫，白下門西野水明。此地一塵須卜築，故人他日訪柴荊。（治平三年 1066〈示董伯懿〉30／562）

> 東門白下亭，攬覽蔓寒葩。淺沙伐素舸，一水宛秋蛇……（元豐年間〈東門〉8／164）

假設只考察王安石以白下門入詩爲題的作品，王安石在熙寧九年以前即注意到白下門一帶細水蜿蜒、波光粼粼的景觀特色，然著墨不甚多，至其晚年因遊之活動的經驗而常描寫白下門附近之水景，單就白下門與近之的水路景觀確是王安石晚年喜好的風光帶，但若將白下門所延伸的城區景觀一併討論，問題則顯得較爲複雜，第一，上文已提及安石晚年城郭山林意象的使用所透露的範域感的兩個面向，若乃空間對立的感知方式，白下門與近之的水路景觀是否在王安石的情感意向中亦爲一中介地帶，第二，隨著安石擇居意願的改變產生了人地互動重心的轉移，〈示董伯懿〉中王安石劃出了一個區塊，即「長干里北寒山紫，白下門西野水明」，類似的抒寫方式亦見於治平三年作之〈送董伯懿歸吉州〉：「東城景陽陌，南望長干紫。欲斫三畝蔬，於焉寄殘齒。」（16／294）一方面這可能是治平三年王安石與董伯懿同遊之區域，一方面城東至城南亦爲熙寧九年以前王安石喜遊歷之地，故

而〈示董伯懿〉、〈送董伯懿歸吉州〉顯示了築居於此的意願，在熙寧八年王安石〈與沈道原舍人書〉透露了願居鍾山以前，似乎王安石原有意居於城區，於嘉祐元年（1056）即更早之前所作之〈汜水寄合父〉：「留連厚祿非朝隱，乖隔殘年更土思。已卜冶城三畝地，寄聲知我有歸期。」（30／551）亦傾向擇居於城，如此白下門一帶從王安石早中年時期範域感的東方的地標隨著晚年時期主要活動地帶的東移而成爲西方的地標，可是活動地帶的東移並未使安石晚年對白下門一帶有了疏離感，第三，以視覺而言景觀無法被割裂，〈定林院〉云：「殷勤更上山頭望，白下城中有幾家？」當王安石從鍾山定林院此一感覺點，經視覺的穿透移越而轉向另一感覺點：白下城，此乃鍾山與城區因地勢的參差高低所共同形成的景觀，即便王安石對鍾山或定林院情有獨鍾，但在山頭上依視覺的動線與可及的範圍，城區仍如實的存在，無法被抹除或留白，因之這片居高臨下的山水風景的歸屬權是屬於鍾山或城區？這片山水在知遇關係中該如何被界定？故而經由不同視覺角度如下視、臨眺、仰觀、平移……等等的注目所產生的諸如遠景的延伸使得山水與知遇並不是精準的對等平行關係，綜合此三點，相對於王安石晚年對鍾山區域一貫統一的感知方式，城區域不論是在範域感或知遇的討論中皆有其複雜、曖昧的層面。

　　以上乃從十六個地名中擇取重要者闡述之，上文所取也是王安石以之入詩爲題具一定之數量者，然而以詩作數量詮釋山水知遇，仍有幾點待說明，茲以安石作於熙寧七年之〈憶金陵三首〉（43／832）爲例：

> 覆舟山下龍光寺，玄武湖畔五龍堂。想見舊時游歷處，煙雲渺渺水茫茫。（其一）
>
> 煙雲渺渺水茫茫，繚繞蕪城一帶長。蒿目黃塵憂世事，追思陳迹故難忘。（其二）
>
> 追思陳迹故難忘，翠木蒼藤水一方。聞說精廬今更好，好隨殘汴理歸艎。（其三）

詩中提及的覆舟山、龍光寺、玄武湖、五龍堂在熙寧九年以前的字頻統計中皆爲一首，但文內作者深自追惜過去的環繞著幾處山水的美好時光，因之字頻的統計數量與地名、地景在作者心中的份量形成了不對稱的傾斜，如此在討論知遇關係時便不能完全倚賴字頻數量的統計，再者一二句的文學空間是由四個地名聯綴而成，而此四個地名僅僅是王安石以金陵地名入詩爲題的一百三十八個之中的極小部分，一百三十八個地名或云感覺點彼此聯綴亦形成了更爲龐大的感覺區，即主體的範域感，而字頻統計數量較爲稀少的地名或云感覺點，倘使如本詩所展示的情況，則也不應被忽略，至於王安石的感覺點與感覺區將於第四章詳細討論。

　　而方志中如《方輿勝覽》則又進一步強化、塑造了王安石晚年與金陵地景的互融互動所產生的山水知遇的關係，從以《方輿勝覽》爲文本比較王安石祖籍撫州與金陵中所引詩文、詩文跨越的時間，及評述的方式可說明此一現象，以《方輿勝覽》爲比較的文本是由於諸如《太平寰宇記》等書乃著重建置沿革、山川險塞、人口多寡，而於詩文記敘很少涉及，本書則大部份內容是詩文記序及四六儷語，有助於比較的討論。《方輿勝覽》卷二十一江西路撫州：〔註41〕白華巖、烏石岡、柘岡、驪塘、擬峴臺、清風閣、射亭、思軒引王安石詩，皆乃熙寧九年以前作品；見山閣、王文公祠則只述其事，而體例上「其事實有可拈出者，則纂緝爲儷語，附於各州之末」〔註42〕的四六文則云：「儒風浸盛，本荊公、元獻之故鄉。」將安石置於人物類，以明乃本鄉人物。至於《方輿勝覽》卷十四江東路建康府：〔註43〕白下、鍾山、東山、三茅山、霹靂溝、直瀆、芙蓉堂、賞心亭、佳麗亭、半山亭、此君亭、籌思亭、雨花臺、半山寺、定林寺、長干寺、寶剎院、吳大帝廟、謝安墩、割青亭、東冶亭、九日臺、彎碕引王安石詩，含蓋王

〔註41〕祝穆：《方輿勝覽》，卷二十一，頁372～28。

〔註42〕呂午：〈方輿勝覽序〉，《方輿勝覽》，頁1。

〔註43〕祝穆：《方輿勝覽》，卷十四，頁233～258。

安石熙寧九年以前與熙寧九年以後的作品；蔣山寺、烏衣巷則述其事；荊公祠引曾極詩：「霜筠雪竹古精藍，投老歸與（平）志自甘。」、荊公墓引曾極詩；題詠部份則摘錄安石詩句「東府舊基留佛刹」、「山水雄豪空復在」、「山水寂寥埋王氣」、「紫氣空收劍一霜」爲條目，並引其詩；雜題部份江南錄：「事見《荊公集》」、青松路引其詩；而由於金陵非王安石本鄉，列於名宦，不列於人物，至於卷末四六文：「鍾山雪竹，公當訪我之舊游。」此當來自於詩話的印象，《臨漢隱居詩話》云：

> 熙寧庚戌冬，王荊公安石自參知政事拜相。是日，官僚造門奔賀者相屬于路。公以未謝，皆不見之，獨與余坐于西廡之小閤。荊公語次，忽顰蹙久之，取筆書窗曰：「霜筠（一作松）雪竹鐘山寺，投老歸歟寄此生。」放筆揖余而入。元豐己未（按《漁隱叢話》作「癸亥」）。公已謝事，爲會靈觀使，居金陵白下門外。余謁公，公欣然邀余同遊鍾山，憩法雲寺，偶坐于僧房。是時，雖無霜雪，而虛窗松竹皆如詩中之景。余因述昔日題窗，并誦此詩，公憮然曰：「有是乎？」領首微笑而已。〔註44〕

《臨漢隱居詩話》的作者爲北宋魏泰，魏泰的姐夫曾布是王安石變法的主要助手，而魏泰亦與王安石私交甚好，過從甚密，此則即魏泰記載其與王安石交遊事，至於《方輿勝覽》卷末的四六文則是書寫了此則記載中的王安石的形象。《方輿勝覽》的編纂者在看待王安石撫州臨川人的身份時，注意其文化人的角色，即其學術、文學成就也促進了江西文化的繁榮，故云：「儒風浸盛，本荊公、元獻之故鄉。」至於金陵非安石本鄉，但強調爲其生活的場域，是其晚年浪跡山水之地，而云：「鍾山雪竹，公當訪我之舊游。」亦代表王安石與鍾山的知遇關係被普遍的接受。

〔註44〕〔宋〕魏泰著；陳應鸞校；陳應鸞注釋：《臨漢隱居詩話校注》（成都：巴蜀書社，2001年），卷二，頁58～59。

第四章　詩意空間與區域流動

　　王安石與金陵的人地互動從時間上分爲熙寧九年以前與熙寧九年以後，藉由王安石金陵詩所透露的感覺點及路意象的使用以聯構成兩個時段的文學地圖。段義孚曾以「家」作爲譬喻的場景，以詮釋地方點、路徑與家的關係，〈時間與地方〉云：「就以日常家居生活，我們在桌、椅、廚房盥洗盆和門廊上的鞦韆等地點間穿插，就是一條相當複雜的路徑，這些都是地方，是組成世界的中心點。因此，由於使用該路徑的習慣的結果，路徑本身要求一個佈置各『地方點』的意義的密度和穩定度。路徑和路徑的停駐點合組成一個較大的地方，即是家。」〔註 1〕此微觀的譬喻方式與諾伯格‧斯卡爾斯（Christian Norberg-Schulz）認爲人類生存空間的要素包含了「中心及所在（場所）」、「方向及路徑」、「區域及範域」，二人所指乃同一模式。神宗熙寧元年（1068）王安石於學士院看畫，作〈學士院燕侍郎畫屏〉，後張天覺有詩云：「相君開卷憶江東，彷彿鍾山與此同。今日還爲一居士，翛然身在圖畫中。」（〈學士院燕侍郎畫屏〉李壁注引 44／852）張天覺以「憶江東」與「身在圖畫中」述說了王安石在退處前後與鍾山的兩種情境，王安石退處前即熙寧九年以前因在朝觀畫而憶起江南

〔註 1〕段義孚：《經驗透視中的空間和地方》，頁 174。

的鍾山，退處後以居士的身份「身在圖畫中」，即指安石晚年居鍾山下，張天覺云安石「今日還爲一居士，翛然身在圖畫中。」巧妙地比喻其晚年盈滿流動在他的生活世界裡，如同畫中人物詩意般的存在，翛然而來翛然而往，而藉由其金陵詩透露的感覺點及路意象的使用以構築一看似封閉，卻自足的世界。

第一節　王安石熙寧九年以前於金陵的感覺區

以下自王安石金陵詩中詩文意象的聯結、主體情感的意向、空間地緣關係等將其熙寧九年以前的感覺點、感覺區略分以下部份，並依序討論之：

一、證聖寺、高齋、臺城、臨春閣、結綺閣、辱井、景陽陌、三品石、賞心亭、東府、長干里、白下門

證聖寺是王安石少年時代即以之入詩的地名，〈雜詠四首〉之三：「證聖南朝寺，三年到百回。不知牆下路，今日幾荷開？」（40／747）證聖寺位於行宮北方、後方，寺東有溝，迤邐西北接運瀆，行宮即南宋行宮，南宋以府治地爲行宮，行宮即南唐宮地，〔註2〕在北宋即江寧府府治地，高齋位於行宮內，宋葉清臣建，胡公宿爲之作〈高齋記〉：「子城東北，趨鍾山爲便，南唐李氏因城作台，台上望月，人相呼爲月台。下臨浚濠，正面覆舟山，南對長干，西望冶城。立齋其上，高俅麗譙，廣容燕豆。」高齋正面覆舟山，亦即登臨高齋可望覆舟山側的古臺城地，《鍾南淮北區域志》云：

> 由鍾山麓而右遂達覆舟山……覆舟山西接雞籠山，其間有臺城在焉，漢末孫權建立吳國，於黃龍元年築都城於覆舟山側，東繞平岡，西控石頭，前擁秦淮，北帶玄武……赤烏十年作太初宮於其中……又於宮後拓苑城而大之，此臺城之初基也。東晉以來沿其舊制……厥後宋齊梁陳皆仍

〔註2〕可參朱偰：《金陵古跡圖考》，頁170。

舊……宋則有含章、明陽、芳樂等殿，齊梁則有重雲、五
明、披香等殿，陳則有景陽樓及臨春結綺望仙三閣，皆在
臺城之中，至隋平江南，建康城邑宮闕皆平墾爲田，南朝
遺蹟掃地盡矣。〔註3〕

臺城柳

引用自《金陵古跡名勝影集》

　　六朝城郭（都城）內之宮城，自吳孫權赤烏十年（247）所築之
太初宮、孫皓寶鼎二年（267）起昭明宮於太初之東，至東晉成帝咸
合七年（332）落成之新宮，署曰建康宮，臺城即建康宮城，〔註4〕
孝武帝太元三年（378），謝安又大修宮室，規模始宏，宋齊梁陳一仍
晉舊，以臺城爲宮城，陳後主至德二年（584）於天泉池東、光昭殿
前起臨春、結綺、望仙三閣：「高數十丈並數十間，其牕牖戶壁欄檻
之類，皆以沉檀爲之。又飾以金玉，間以珠翠，外施珠簾，內設寶帳，
其服玩瑰麗，近古所未有。其下積石爲山，引水爲池，植以奇樹，雜

〔註3〕陳詒紱：〈鍾南淮北區域志〉，《金陵瑣志》冊二，頁340～342。
〔註4〕此從朱偰的觀點，以臺城即建康宮城，可參朱偰：〈臺城〉，《金陵古
　　　蹟圖考》，頁101～112。

以花藥。」〔註5〕三閣閣高數丈，飛檐複道，穹窿相屬，但至隋平江南，建康城宮邑皆被平墾爲田，不復舊時繁華，臺城乃東晉以來南朝正統政權的象徵，當臺城陷落，焚爲丘墟，亦往往是政權傾危之時，興敗之跡昭然，故臺城一帶的今昔變遷是歷來詩人在盛衰枯榮的主題中常喜歡擷取的景觀與意象。王安石和王微之登高齋的一系列詩作，屢屢提及臺城內的人文景觀如：臨春閣、結綺閣：「臨春美女閉黃壤，玉枝白蕊繁如堆。後庭新聲變樵牧，興廢倏忽何其哀。」（〈和王微之登高齋二首〉之二 9／166）、「台殿荒墟辱井堙，豪華不復見臨春。」（〈次韻登微之高齋有感〉30／558）臺城內據安石詩所及地景另有辱井：「結綺臨春草一丘，尚殘宮井戒千秋。奢淫自是前王恥，不到龍沉亦可羞。」（〈辱井〉45／889）、三品石：「草沒苔侵棄道周，誤恩三品竟何酬？亡國今日頑無恥，似爲當年不豫謀。」（〈三品石〉45／885），過去的豪華繁麗的建築與如今堙沒於草野之間的荒墟所形成的興廢之變遷，是由奢淫所導致的亡國的歷史，而王安石以賞心亭入詩爲題的作品亦及臺城佳氣已消亡的意境，〈次韻舍弟賞心亭即事二首〉（37／707）：

> 檻折檐傾野水傍，台城佳氣已消亡。難披榛莽尋千古，獨依青冥望八荒。坐覺塵沙昏遠眼，忽看風雨破驕陽。扁舟此日東南興，欲盡江流萬里長。（其一）
>
> 霸氣消磨不復存，舊朝台殿只空村。孤城倚薄青天近，細雨侵陵白日昏。稍覺野雲乘晚霽，卻疑山月是朝暾。此時江海無窮興，醒客忘言醉客喧。（其二）

《景定建康志》云：「賞心亭在下水門之城上，下臨秦淮，盡觀覽之勝。丁晉公建。」〔註6〕登賞心亭可盡觀覽之勝，爲秦淮絕致，清在軒楹，安石〈游賞心亭寄虔州女弟〉：「秀發千山霽，清涵萬里秋。滄

〔註5〕太初宮可參《景定建康志》，卷二十一，頁 994；昭明宮可參同書頁995；晉建康宮可參同書頁995；臨春結綺望仙三閣可參同書，頁 1005。
〔註6〕周應合：《景定建康志》，卷二十二，頁 1019。

江天上落，明月鏡中流。眼與魂俱斷，身依影獨留。爲憐幽興極，不見爾來游。」（24／421）即藉觀覽，勾勒出磅礡的景象，而在上詩，安石亦將視野集中於臺城，故不將賞心亭依其本來的地緣關係置於王安石另一以冶城爲主的位於城西的感覺區。至於東府因其地名之由來，常與西州相對，安石詩：「東府舊基留佛刹，後庭餘唱落船窗。」（〈金陵懷古四首〉之一 35／653）東府仍圍繞於臺城盛衰、歷史興亡的意象。在安石詩中高齋、賞心亭、東府等感覺點皆以臺城爲一視覺、想像的聚焦處，但臺城已爲破舊殘敗的孤城，在青冥江流等永恆的自然秩序的回環往復中，更顯其頹圮不堪。

　　此之所以再將長干里與白下門納入這一感覺區，乃從安石詩中所劃出的區塊，而連類入此。景陽陌位於古臺城，安石劃出了景陽陌與長干里之間的區塊：「東城景陽陌，南望長干紫。欲斫三畝蔬，於焉寄殘齒。」（〈送董伯懿歸吉州〉16／294）、其又劃出了長干里與白下門之間的區塊：「長干里北寒山紫，白下門西野水明。此地一塵須卜築，故人他日訪柴荊。」〈示董伯懿〉（30／562）因而連類入此區，長干里在秦淮南，〈丹陽記〉曰：「大長干寺，道西有張子布宅，在淮水南，對瓦官寺，長干是秣陵縣東里巷名，江東謂山隴之間曰干，建康南五里有山岡，其間平地，庶民雜居，有大長干、小長干、東長干並是地名。」〔註7〕又《景定建康志》云：「長干橋在城南門外。」〔註8〕由景陽陌、城南長干里、城東白下門所聯繫的城東區域，之所以引發王安石築居於此的意願，因其爲王安石在熙寧九年以前於城區的主要活動地帶之一。

二、冶城、西州、蔡州

　　相對於城東籠罩於臺城所散射的歷史陰影之下，安石詩中以冶城爲主的位於城西的感覺區隱含的則是分離、離別的傷感，而熙寧九年以前城西與城東感覺區之相似處在於王安石亦有棲居於此的願望，故

〔註7〕周應合：《景定建康志》，卷四十六，頁 1436。
〔註8〕周應合：《景定建康志》，卷十六，頁 904。

也是熟悉喜愛的地方，西州與蔡州則是因爲地緣、交通上的關係而在王安石詩中與冶城成爲呼應的感覺點。《景定建康志》：「金陵有古冶城，本吳冶鑄之地，《世說》敍錄云：『丹陽冶城，去宮三里。』」〔註9〕金陵本地，於石頭東有冶城，即城西處，王安石〈壬辰寒食〉云：「客思似楊柳，春風千萬條。更傾寒食淚，欲漲冶城潮。巾髮雪爭出，鏡顏朱早凋。未知軒冕樂，但欲老漁樵。」（23／410），又〈乙巳九月登冶城作〉：「欲望鍾山岑，因知冶城路。躋攀隱木杪，稍記曾游處。紅沉渚上日，蒼起榛中霧。即事有哀傷，山川自如故。」（14／259）王安石分別表達了失兄喪母之痛，冶城路、冶城潮亦沾染了悲傷的色彩，而安石對於友朋的不捨之情則顯現在〈送丁廓秀才歸汝陰二首〉之二：「西州行路日蕭條，執手傷懷不自聊。游子故鄉終念返，豈能無意冶城潮。」（45／872）、〈張明甫至宿明日遂行〉：「何時復能還，裹飯冶城宅。」（1／20）假使在〈壬辰寒食〉中安石與冶城潮的情景交溶，暗示了內心的洶湧不寧，安石與丁廓相別的過程在西州城附近的一條路上展開，冶城潮依舊暗指著傷離的內心波濤，與冶城之西的的蕭條的西州路融貫爲一景。

安石在熙寧九年以前亦有擇居於冶城一帶之意：「虎牢關下水透迤，想汝飄然過此時。灑血只添波浪起，脫身難借羽翰追。留連厚祿非朝隱，乖隔殘年更土思。已卜冶城三畝地，寄聲知我有歸期。」（〈氾水寄和父〉30／551）其寄予弟安禮的詩，以遠在金陵的冶城承載了思鄉之情，又〈送張拱微出都〉：「歸臥不自得，出門無所投。獨尋城隅水，送子因遠游。荒林纏悲風，慘慘吹駝裘。捉手共笑語，顧瞻中河舟。嗟人皆行樂，而我方坐愁……寬恩許自劾，終欲東南流。子今涉多江，船必泊蔡洲。寄聲冶城人，爲我問一丘。」（7／136），此詩作於熙寧八年王安石復相位不久，當年安石即托人於江寧城外之白塘購置田產，以備退身之用，其欲歸鄉的情意彷彿也與張拱微乘船自汴

〔註9〕周應合：《景定建康志》，卷二十，頁984。

京的水路緩慢地駛向金陵，蔡洲在建康城西南一十二里，周回五十五里，〔註10〕王安石對蔡洲未必有深微的情感，但張拱微泊船之處蔡洲附近，也許只有冶城是王安石鄉關之情中的神遊寄託，蔡洲由於有水路動線上的連結關係，而與冶城形成相呼應的感覺點。

三、鍾山、定林院、悟眞院、白石岡、蕭寺、五願木

安石之〈乙巳九月登冶城作〉云：「欲望鍾山岑，因知冶城路。」（14／259）依據視覺的功能將城西與鍾山連繫起來，清陳作霖〈東城志略〉云：「文德橋跨文廟泮池之上，蔣山眞面，青翠撲人。」〔註11〕文德橋位於明都城之南，依此推論即從城區皆可遠望鍾山，此由於鍾山爲金陵全境最高之山脈，鍾山在北宋時屬於江寧府上元縣鍾山鄉，在城東北一十五里，據《景定建康志》金陵境內共 196 座大小山脈，〔註12〕朱偰則列出主要山峰 54 座，鍾山爲全境最高達 468‧6 公尺，《建康志‧山川志序》：

> 疆域，帝王之所定也，山川，天地之所作也，金陵未邑，
> 秣陵未縣，建鄴未都之前，或言地有王氣，或言有天子氣，
> 非山川融結，氣何所指哉？漢建安中諸葛亮曰：「鍾阜龍
> 盤，石城虎踞，眞帝王之宅。」張紘亦曰：「金陵地形有王
> 者都邑之象。」自孫權之國將東，以至我朝之建，行闕帝
> 王都邑，實印斯言。〔註13〕

山川融結即指金陵全境山川密集與山勢的連續，體現了襟江、依山、抱湖的景觀特色，鍾山爲群山翹楚、金陵重鎮，左近諸山，除寶華山可與之比肩，無有及者，是可見度很高的景觀，在地理格局上的地位相似於金陵流域以秦淮河爲經緯。沈約〈鍾山詩應西陽王教〉之二：「發地多奇嶺，干雲非一狀。」〔註14〕雲氣似乎自鍾山而生發，千變

〔註10〕周應合：《景定建康志》，卷十九，頁 976。
〔註11〕陳作霖：〈東城志略〉，《金陵瑣志》，頁 264。
〔註12〕周應合：《景定建康志》，卷十七，頁 916～940。
〔註13〕周應合：《景定建康志》，卷十七，頁 915～916。
〔註14〕沈約：《沈約集校箋》，卷十，頁 343。

萬化，杜濬《山曉亭記》亦云：

> 蓋鍾山者，氣象之極也。當其明霽，方在於朝，時作殷紅，
> 時作郁蒼，時作堆藍。少焉亭午，時作乾翠，時作縹白。俄
> 而夕陽，時作爛紫，時作沉碧。素月照之，時作遠黛，時作
> 輕黃。星河影之，若素若玄：凡此無論晝夜，皆山之曉也。
> 惟不幸而淫雨，而窮陰，而風霾塵沙，而妖氣，山隱於濁垢，
> 晦昧不見：如此雖在永晝，亦山之夜也。〔註15〕

水上鍾山

引用自《金陵古跡名勝影集》

在晨間、午時、夕陽、夜間的各時段，雲氣山色有殷紅、郁蒼、
堆藍、乾翠、縹白、爛紫、沉碧、遠黛、輕黃、素玄等等的變化，王
安石對鍾山之雲氣山色亦多所描寫：

> 北山雲漠漠，南澗水悠悠。(〈再題南澗樓〉40／742)

> 北山漠漠雲垂地，南埭悠悠水映人。(〈次韻登微之高齋有

〔註15〕〔清〕杜濬：《變雅堂遺集》(上海：上海古籍出版社，續修四庫全
書本，2002 年)，冊 1394，文集卷七，頁 73〜74。

感〉30／558）

> 鐘山漠漠水洄洄，西有陵雲百尺台。萬物已隨和氣動，一
> 樽聊與故人來。天邊幽鳥鳴相和，地上晴雲掃不開。愁眼
> 看春長（一作唯）恐盡，直須去取六龍回。（〈次韻和甫春
> 日金陵登台〉35／648）

王安石不以絢麗的色彩而習以「漠漠」描摹鍾山之雲寂靜無聲地布列於
山頭，其所偏愛的雲氣山色是素靜淡雅，而非眩人耳目，被雲所包覆的
鍾山就像是秘密的樂遊園，〈同熊伯通自定林過悟眞二首〉之二：「城郭
紛紛老倦尋，幅巾來寄北山岑。長遭客子留連我，未快穿雲涉水心。」
（43／818）倦於久處城市的王安石，與熊伯通從城郭東來，北山（即
鍾山）乃與城郭爲一相對的適於閒遊之地，〈憶蔣山送勝上人〉：「蒼藤
翠木江南山，激激流水兩山間。山高水深魚鳥樂，車馬迹絕人長閒。雲
埋樵聲隔葱茜，月弄釣影臨潺湲。黃塵滿眼衣可濯，夢寐惆悵何時還？」
（14／257）王安石記憶中或者其所認同希望的鍾山的氛圍乃人跡罕
至、山水自如，因人罕到便只有王安石可獨自徜徉，寬舒自在地悠遊。

　　鍾山之所以適於閒遊亦有歷史上的原因，世傳秦始皇東巡會稽，
渡江北還，途經金陵，望氣者言金陵地形有王者都邑之氣，於是秦始皇
下令掘斷連綿的山岡，破壞風水，並埋金玉雜寶於鍾山下，以鎮王氣，
至東漢末秣陵縣尉蔣子文於鍾山逐盜遇難，世傳蔣子文死而靈異，故統
治者爲其立廟，《至正金陵新志》：「蔣帝廟，在蔣山之西北，去城一十
二里，神蔣姓，名子文，漢末尉秣陵，死而靈異，吳大帝爲立廟，晉加
相國之號，宋加相國大都督中外諸軍事封蔣王，齊進號爲帝，乃以廟門
爲靈光門，中門爲興善門，外殿曰帝山，內殿曰神居，梁武嘗禱雨有異，
及魏軍圍鍾離，復見陰助雨，唐諡曰莊武帝，更修廟宇。宋開寶八年，
廟火雍熙，四年即舊址重建，景祐二年，陳執中增修得賜額。」[註16]
《搜神計》卷五〈蔣子文成神〉、〈蔣侯召劉赤父〉、〈蔣山廟戲配〉、〈吳

〔註16〕張鉉：《至正金陵新志》，卷十一，頁 1913。

望子與蔣山神〉、〈蔣侯助殺虎〉〔註17〕便記載了蔣子文成神的經過，與靈異的事蹟，到了明代介紹鍾山仍會提及蔣子文事，明朱之藩《金陵圖詠》〈鍾阜晴雲〉條：「在府治東北，漢末有秣陵尉蔣子文，逐盜遇難。吳大帝為立廟封曰蔣侯，因避祖諱，改鍾山之名曰蔣山。」〔註18〕並說明孫權為避祖諱，將鍾山改名曰蔣山。

三國時代諸葛亮因「蔣山岧嶢嶷異，其形象龍」，故云：「鍾山龍蟠」；南北朝時宋文帝築室鍾山西巖下謂之「招隱館」，齊之朱應、吳苞、孔嗣之、周顒，梁阮孝緒、劉孝標，唐代大曆處士韋渠牟，陸續棲隱於此，〔註19〕又孔稚圭〈北山移文〉譏周顒身在山林，心懷魏闕，即鍾山漸次與隱逸、隱士產生聯繫，已不只是蔣帝廟興建後蔣子文的封地。朱偰云：「鍾山當六朝之時，寺宇特富，梵宮琳宇，鐘磬之聲相聞。」〔註20〕金陵乃江南佛教的三大中心之一，鍾山位於佛教勝地，也常繚繞著禮佛的香煙，故六朝以後，鍾山周圍已經布滿隱者的茅廬、修道的精舍和禮佛的寺廟，成為景觀審美和文化的象徵，體現了淡泊寧靜的自然意境與幽靜的美學境界，景觀平緩秀麗，且又氣勢大度。而此實存的空間亦須藉由路徑的導引方能完成閒遊的動作，王安石在熙寧九年以前，反覆提及鍾山區域的青松路：

> 日日思北山，而今北山去。寄語白蓮庵，迎我青松路。(〈思北山〉5／87)
>
> 海氣冥冥漲楚氛，汀洲回薄水橫分。青松十里鍾山路，只隔西南一片雲。(〈赴召道中〉45／883)
>
> 白下長干何可見？風塵愁殺庾蘭成。去年今日青松路，憶似（一作一似）聞蟬第一聲。(〈和惠思聞蟬〉45／872)

〔註17〕黃鈞注譯：《新譯搜神記》（台北：三民書局，1996 年），卷五，頁155～156、頁 157、頁 158～159、頁 160～161、頁 162～163。
〔註18〕〔明〕朱之藩：《金陵圖詠》（台北：成文出版社，1983 年），頁 8。
〔註19〕周應合：《景定建康志》，卷十七，頁 916～917。
〔註20〕朱偰：《金陵古跡圖考》，頁 15。

王安石特別標誌出青松路，一方面爲區域景觀的影響，松作爲蔣山風物特色之一，恰如金陵城東北四十五里的棲霞山以楓爲勝景，朱偰：「金陵諺曰：『春牛首，秋棲霞。』蓋言春景惟推牛首，秋色首尚棲霞。尤以重陽過後，繁霜未降，滿山楓葉，與荻花相映。」〔註21〕或城西北二十里幕府山之幕府寺旁有蘆數千枝，《金陵梵剎志》：「幕府山，晉元帝渡江，王丞相導嘗建幕駐軍於此……林岫督然，幽灑深靜，摩洞前可瞰大江。寺旁有蘆數千枝，相傳達摩折以渡江之餘。」〔註22〕山不惟單種植被，卻憑此惹人注目，《景定建康志》卷十七云：「蔣山本少林木，東晉令刺史罷還都，種松百株，郡守五十株，宋時諸州刺史，罷職還者，栽松三千株，下至郡守各有差。」〔註23〕鍾山本崖窟峻異，草木不繁，但自東晉開始，下令諸州郡長長官罷職返回金陵時，須在鍾山種植松樹，因之長久以往，積木成林，《景定建康志》云：「陳後主時，覆舟山、蔣山松柏林多月常出木體，後主以爲甘露之瑞。」〔註24〕東晉始栽，南朝陳時鍾山松木已成林，至北宋則魁梧蓊鬱，宋人即以松爲鍾山勝絕，陳輔戲楊德逢有「北山松粉未飄花，白下輕風麥腳斜。」，〔註25〕至南宋《輿地紀勝》：「在蔣山塔院西偏，有木末軒，乃王荊公所遊，俯際巖壑，虬松參天，幽邃可愛，爲山之絕景云。」〔註26〕、陸游〈遊鍾山寺記〉：「塔西南小軒曰木末，其下皆大松髯甲，夭嬌如蛟龍，往往數百年物，木末取王文公詩有『木末北山雲冉冉』之句，故取名之。」〔註27〕

〔註21〕朱偰：《金陵古跡圖考》，頁 24。另可參周應合：《景定建康志》，卷十七，頁 923；王象之：《輿地紀勝》，卷十七，頁 753；祝穆：《方輿勝覽》，卷十四，頁 235；張敦頤：《六朝事蹟類編》，卷下，頁 147。

〔註22〕葛寅亮：《金陵梵剎志》（台北：新文豐，1987 年），頁 258。

〔註23〕周應合：《景定建康志》，卷十七，頁 916。

〔註24〕見王安石：〈同沈道原游八功德水〉（5／87）李壁注引，《王荊公詩注補箋》。

〔註25〕見王安石：〈元豐行示德逢〉（1／1）李壁注引王直方《雜記》，《王荊公詩注補箋》。

〔註26〕王象之：《輿地紀勝》，卷十七，頁 754。

〔註27〕〔宋〕陸游：〈入蜀記〉《渭南文集》，《陸放翁全集》（台北：臺灣中華，1983 年），卷四十四，頁 4。

南宋時鍾山松林夭嬌參天，已形成了幽邃的景緻，至元、明時期遊鍾山者亦常常描寫鍾山松林的景觀，元胡炳文〈遊鍾山記〉：「江以南形勝無如昇，鍾山又昇最勝處，夾路松陰互八九里，清風時來，寒濤吼空，斯須寂然。」〔註28〕明宋濂〈遊鍾山記〉：「沿道多蒼松，或如翠蓋斜偃，或蜷身矯首，如玉虯搏人，或捷如山猿伸臂，掬澗泉飲。」〔註29〕松的姿態或如蛟龍盤空、山猿掬泉，或數大是美所迴盪的松濤聲。

再者，中國傳統文人對松亦有特別偏愛，黃永武認為，中國詩人視松為龍的化身，兩者聲若宏鍾般的命名，松之高大形影，莊重軀體，蒼老斑文，搖曳底枝條等「重」、「動」的客觀條件，形態聲音皆髣髴相似，「最主要的，是因為松有貞心、有勁節、有氣質、有前途、有作為，這種種長處，正與一個受人敬重的君子身分相當……君子與龍相似，松樹也與龍相似……松的態度具有君子的人格美……清高出俗是松樹出世的一面；構廈立柱又是松樹入世的一面。」〔註30〕安石之〈古松〉：「森森直干百餘尋，高入青冥不附林。萬壑風生成夜響，千山月照挂秋陰。豈因糞壤栽培力，自得乾坤造化心。廊廟乏材應見取，世無良臣勿相侵。」（35／656）即以老松寄寓自我之懷抱。

青松路的意象除了予文學地圖裡的鍾山添加了縱深感，安石所抒寫的是記憶之流中的路徑，記憶之流中的事物往往飄浮迷濛，經歷一次次的接續增刪、複述重組，但安石既認肯了它，在主觀上路徑亦將回報以明晰的接納，而其對青松路的憶念是與其熙寧九年以前於「憶江東」的心靈圖景中以鍾山作為可見度最高景觀的相互疊合：

　　腸胃繞鍾山，形骸空此留。（〈送張拱微出都〉7／136）

〔註28〕〔元〕胡炳文：〈遊鍾山記〉《雲峰集》，《元人文集珍本叢刊》（台北：新文豐，1985年），卷二，頁173。

〔註29〕〔明〕宋濂：〈遊鍾山記〉《宋學士全集》（台北：藝文印書館，百部叢書集成，1967年），金華叢書二二，冊三，卷三，頁2。

〔註30〕黃永武：〈中國詩人中的植物世界〉，《中國詩學・思想篇》（台北：巨流圖書，2003年），頁43～47。

　　吟罷想君醉醒處，鍾山相向白崔嵬。(〈答熊本推官金陵寄酒〉

39／729)

　　故哇穿研知何日，南望鍾山一慨然。(〈和蔡樞密南都種山藥法〉

28／511)

　　鍾山北繞無窮水，散髮何時一釣舟。(〈世故〉44／855)

上詩皆爲王安石處於汴京時的作品，除〈答熊本推官金陵寄酒〉作於
熙寧二年，餘皆作於熙寧八年安石復相之後，王安石對於鍾山的憶念
與將其理想化的舉措與熙寧年間變法的內外交攻不無關係，當其變法
所遭愈形險礙，對於鍾山之思便愈形深摯。而本文之所以將白石岡亦
納入鍾山的感覺區，乃由於王安石以白石岡入詩中的「渡水穿雲」的
使用：

　　白石岡頭草木深，春風相與散衣襟。浮雲映郭留佳日，飛

鳥隨人作好音。(〈出金陵〉48／949)

　　投老翻爲世網嬰，低回終恐負（一作誤）平生。何時白石

岡頭路，渡水穿雲取次行。(〈中書即事〉43／837)

李壁云：「《建康志》：『白土岡在城東。』……又江寧縣城南一十里有
石子岡……又溧水縣北二十里有白石山。三處名皆不同，不知此所指
何地。」李壁亦不知曉王安石詩中的白石岡爲何地，本文則依據安石
詩文而推論其詩中的白石岡位於城東，治平三年〈同熊伯通自定林過
悟眞二首〉之二：「城郭紛紛老倦尋，幅巾來寄北山岑。長遭客子留
連我，未快穿雲涉水心。」王安石書寫鍾山的山色雲氣習慣以漠漠形
容，而穿雲涉水或渡水穿雲的使用則代表了王安石對鍾山區域與白石
岡頭路具有相似的感覺，兩地均予安石輕快美好的經驗與回憶，兩地
亦可能有地緣上的關係，因而將白石岡納入這一感覺區。

四、丹陽道、秣陵道

　　熙寧九年以前王安石的感覺區除集中於城區、鍾山，藉由其詩題
所及之路徑，亦有江寧府內縣與縣的移動跨越，〈秣陵道中口占二
首〉：「經世才難就，田園路欲迷。殷勤將白髮，下馬照清溪。歲熟田

家樂，秋風客自悲。茫茫曲城路，歸馬日斜時。」（40／745）秣陵，
秦漢縣名，治所在今江蘇省南京市東南，宋時爲鎮，屬江寧府江寧縣，
安石在秣陵道中的即席之作，表達了仕隱之間的猶疑，治平三年安石
之遊蹤亦往外擴散，〈自金陵至丹陽道中有感〉：

> 數百年來王氣消，難將往事問漁樵。苑方秦地皆蕪沒，山
> 借揚州更寂寥。荒埭暗雞催月曉，空場老雉挾春驕。豪華
> 只有諸陵在，往往黃金出市朝。（39／723）

朱偰云：「金陵爲六朝佳麗之地，當時王侯墓道，帝后陵寢皆在建康、
蘭陵（今丹陽）兩地」又「齊梁二代，皆發祥丹陽，以故蘭陵東北，
陵寢相望。」〔註31〕丹陽於東晉爲南蘭陵，齊梁二代，發祥於此，以
故丹陽東北，陵寢相望，齊梁諸帝之陵寢率集中於此。丹陽，宋縣名，
屬潤州，治所在今江蘇省丹陽市，屬鎮江，近丹陽有茅山，《景定建
康志》：「茅山在句容縣東南四十五里。」〔註32〕句容縣於北宋江寧府
所轄五縣乃是處於東方的縣區，治平三年（1066）王安石閒居江寧，
春游丹陽，故亦有游茅山之詩文。

五、大茅山、中茅山、小茅山、仙几山、玉晨觀、白鶴廟、養龍池

治平三年王安石春遊丹陽，同年便有以茅山區域入詩爲題的作
品，茅山（又名句曲山、地肺山）其峰曰大茅、曰中茅、曰小茅，大
茅峰乃獨高處，中茅峰在積金山北，積金峰在大茅峰、中茅峰之間，
小茅峰在中茅峰之背，其洞曰華陽、曰羅姑、曰茅洞、曰金牛，三十
六洞天之數第八者，曰金壇華陽之天，即此山，漢元帝時茅盈、茅固、
茅衷在此山得道，因以爲名。〔註33〕道教一直視老、莊爲祖師，追求
個人修行，與儒學相比，它更講求遁世，所以在道教發展過程中，總

〔註31〕可參朱偰：《建康蘭陵六朝陵墓圖考》，泛論頁1、自序頁1。
〔註32〕周應合：《景定建康志》，卷十七，頁930。
〔註33〕可參周應合：《景定建康志》，卷十七，頁929；呂燕昭、姚鼐：《〔嘉
　　　慶〕新修江寧府志》，卷六，頁78。

是找一些富有靈氣，山青水秀的地方建立自己的布道場所，這些場所也是道教所認定的群仙、眞人統治之所和得道之處，如此便有了洞天福地之說，分爲十大洞天、三十六小洞天、七十二福地，茅山即有第八小洞天，洞天福地的分布地域集中在南方，尤其東南地區，南方相對清靜的自然環境，幽深雅靜的名山幽谷即適宜於道教的養生、修煉，而茅山則完全爲道教盤據，佛教不能涉足，形成獨特的文化區，〔註34〕安石〈登大茅山頂〉（38／709）、〈登中茅山〉（38／710）、〈登小茅峰〉（38／710）〔註35〕包含了一系列仰攀、捫蘿等在空間進出、上下的動作，而有曲徑通幽之趣，隨行遊而觀覽，上視煙雲，下視淮州，淮州即秦淮河之洲渚，表現了茅山地勢的高聳，茅山是遠離塵囂的幽渺之地，也是易與仙接的修道場所，登此絕境，似乎連世間浮榮都不值一顧了。

　　安石在描寫鍾山的青松路，乃近於坦直的步道，而在以茅山入詩爲題的作品中，其對於茅山路徑的書寫，則突出了茅山群路徑的巉曲幽通，〈登小茅峰〉：「捫蘿路到半天窮，下視淮州杳靄中。」（38／710）、〈登中茅山〉：「容溪路轉迷橫彴，仙几風來得墮樵。」（38／710）在此巉曲的路徑滿足其尋幽之樂。

六、棲霞寺、徐秀才園亭

　　不只是道教喜於深山幽谷修煉布道，山水秀麗之地，也是佛教樂

〔註34〕 可參程民生：〈道教分布狀況〉，《宋代地域文化》（開封：河南大學出版社，1997 年），頁 278～290。

〔註35〕 〈登大茅山頂〉：「一峰高出眾山巔，疑隔塵沙道里千。俯視雲煙來不及，仰攀蘿蔦去無前。人間已換嘉平帝，地下誰通勾曲天？陳迹是非今草莽，紛紛流俗尚師仙。」〈登中茅山〉：「翛然杖屨出塵囂，雞犬無聲道況寥。欲見五芝莖葉老，尚攀三鶴羽翰遙。容溪路轉迷橫彴，仙几風來得墮樵。興罷日斜歸亦懶，更磨碑蘚認前朝。」〈登小茅峰〉：「捫蘿路到半天窮，下視淮州杳靄中。物外眞游來几席，人間榮願付苓通。白雲坐處龍池杳，明月歸時鶴馭空。回首三君誰更似，子房家世有高風。」

於棲息的地方，佛教寺院講究環境觀感和氣勢，從而襯托出其莊嚴空寂，借助環境以利於修行和宣揚佛法，自然環境的優美，也是南方佛教興盛的原因之一，〔註36〕《金陵梵刹志》序云：「金陵為王者都會，名勝甲宇內，而梵宮最盛，蓋始自吳赤烏間，迄於六朝，梁陳所稱四百八十寺者，此矣。」又凡例第九則：「金陵佳麗，半屬江山，如鍾阜、棲霞、清涼、雨花、雞鳴、鳳臺、燕磯、牛首而外，何可臚列，是惟花宮蘭若，標奇占勝，因志山水。」〔註37〕自吳大帝孫權赤烏十年（247）為天竺康僧會建塔立寺，金陵始有佛寺，號建初，至南朝寺宇林立，其中除了帝王的提倡，金陵山水的靈秀要為一因，「花宮蘭若，標奇占勝」即佛寺與自然山水的相互襯托。

治平三年安石作〈游棲霞庵約平甫至因寄〉：「渺渺林間路，蕭蕭物外僧。高陰涼易入，閒貌老難增。官事真傷錦，君恩更飲冰。求田此山下，終欲忤陳登。」（23／415）棲霞庵即棲霞寺，棲霞寺在攝山（又名棲霞山、繖山），山多藥草，可以攝生，因名攝山，有主峰曰鳳翔，鳳翔分而為三，曰中峰，曰西峰，曰東峰，東西二峰左右環拱，形勝天成，棲霞寺本宋泰始中，處士明僧紹所居處，齊永明七年（489），捨宅為寺，即棲霞寺，〔註38〕詩末二句乃翻用劉備「求田問舍，言無可采」的典故，〔註39〕東漢許汜嘗與劉備並在荊州牧劉表坐，劉表與劉備共論天下人，及於陳登（字元龍），許汜言陳登豪氣不除，蓋昔時許汜遭亂過下邳，見陳登，陳登無客主之意，久不相與語，自上大床臥，使許汜臥下床。劉備乃謂許汜曰：「君有國士之名，今天下大亂，帝主失所，望君憂國忘家，有救世之意，而君求田問舍，言無可采，是元龍所諱也，何緣當與君語？如小人，欲臥百尺樓上，臥君於地，何但上下床之間

〔註36〕可參程民生：《宋代地域文化》，頁 266～268。
〔註37〕葛寅亮：《金陵梵刹志》，頁 1、頁 3。
〔註38〕周應合：《景定建康志》，卷十七，頁 923。
〔註39〕安石喜翻用求田問舍之典故，可參李燕新：《王荊公詩探究》，頁 328～330。

邪？」﹝註40﹞劉備以爲亂世之中有志之士應憂國忘家，存救世之意，而非如許汜求田問舍，謀取私利。末二聯安石所表達者，即相對於憂懼如焚的官場生涯，更忻慕閒適之生活，雖安石喜翻用求田問舍的典故，然而在此詩，此心境之所由發，頗類似於登小茅峰：「捫蘿路到半天窮，下視淮州杳靄中。物外眞游來几席，人間榮願付笭通。」既登絕境，視世之浮榮如糞土，即景觀氛圍對主體的影響，自然山水與宗教文化景觀的結合，使主體易嚮往閒適、棲隱的生活方式。

棲霞寺鳥瞰

引用自《金陵古跡名勝影集》

﹝註40﹞可參〔晉〕陳壽撰；〔南宋〕裴松之注；盧弼集解：《三國志集解・魏書・呂布傳》（台北：漢京文化，2004年），卷七，頁259。

　　王安石在熙寧九年即罷相之前於金陵的主要活動範圍乃集中於城區與鍾山，茅山與棲霞山的遊歷則偶一為之，其路意象的使用則顯現了主體移動的形象，此移動的形象使其感覺點之間具有隱然相屬的聯繫，而當曾經遊走過的路徑成為回憶中的對象，亦是與感覺點渾然一體無法拆分，而其路徑的描寫亦添加了文學空間中的縱深感，如鍾山坦直的青松路或茅山巉曲幽通的路徑，以上即形成其熙寧九年以前的文學地圖。

第二節　王安石熙寧九年以後於金陵的感覺區

　　神宗熙寧九年以後王安石罷相，閒居金陵，即有更為充裕、閒散的時光以遊歷金陵，以下即討論其熙寧九年以後的感覺區：

一、半山園

　　王安石晚年的遊之活動與移動經驗首先建立在一核心地帶，即鍾山南麓至白下門外圈圍著作為中心的家的一基礎範域，而半山園與鍾山一帶對王安石而言亦是宜於棲隱的區域，在此區域可實踐身閒的生活型態，以下就王安石居處於半山園時的心境作一概述。

（一）渴求知音的心態

　　王安石晚年獨居半山園偶發其孤單沉寂的心境，獨處的孤單便期盼空間的共享：「我營兮北渚，有懷兮歸女。」（〈寄蔡氏女子二首〉2／39）王安石想念次女蔡氏，亦期盼次女來訪，心靈的寂寞則渴望知音的共鳴相惜，〈謝鄭轂秘校見訪於鍾山之廬〉：「誤有聲名只自慚，煩君跋馬過茅檐。已知原憲貧非病，更許莊周知養恬。世事何時逢坦蕩，人情隨分值猜嫌。誰能胸臆無塵滓，使我相從久未厭。」（37／701）此詩之要旨也許並不在於世事人情如何的蒼薄炎涼，而是傾訴了渴求知音的心態，鄭轂的造訪則使安石將這一心態再次的訴說出來。

　　渴求知音的心態亦顯見於遊歷古人陳跡，與古對話，半山園中有謝公墩，乃一土骨堆，王安石暮年以與謝安相關的地景入詩者可得三首，分別爲〈游土山示蔡天啓秘校〉（2╱41）、〈謝公敦〉（5╱88）、〈謝公墩二首〉（42╱795），第一首云：「……朝予欲獨往，扶憊強登涉……呼鞍追我馬，亦以兩隸挾……坡陀謝公冢，藏槨久穿劫……」此乃王安石游土山〔註41〕復往城南梅嶺岡謝安墓，第二首云：「走馬白下門，投鞭謝公墩。」王安石乃前往冶城北的謝公墩，只有〈謝公墩二首〉指的謝公陳跡在半山園東：

> 我名公字偶相同，我屋公墩在眼中。公去我來墩屬我，不應墩姓尚隨公。
>
> 謝公陳跡自難追，山月淮雲只往時。一去可憐終不返，暮年垂淚對桓伊。

謝安「暮年垂淚對桓伊」，此事見《晉書・桓伊傳》，〔註42〕孝武末年，謝安女婿王國寶以讒諛之計行於主相之間，嫌隙遂成，帝召桓伊飲宴，謝安侍坐，後桓伊撫箏而歌〈怨詩〉：「爲君既不易，爲臣良獨難。忠信事不顯，乃有見疑患。周旦佐文武，〈金縢〉功不刊，推心輔王政，二叔反流言。」聲節慷慨，俯仰可觀，謝安有感而泣下。謝公墩在半山園，王安石見墩似見安，桓伊所歌的〈怨詩〉觸動謝安，謝安事又觸動王安石，謝安與王安石均對爲臣獨難而有所感發。

（二）捐書喜睡的生涯

　　寂寞的園宅生涯百無聊賴，王安石唯捐書多睡以排遣時光：

〔註41〕《景定建康志》：「土山，一名東山，在城東南二十里，周迴四里，高二十丈，無巖石，故曰土山舊志。事跡上元縣有兩東山，一在崇禮鄉，即土山是也，晉書謝安寓居會稽，棲遲東山，此安之舊隱也，在會稽，後於土山營築，以擬東山，今去縣二十里，一在鍾山鄉蔣廟東北。」卷十七，頁924。〈游土山示蔡天啓秘校〉李壁注：「土山，在上元縣南三十里。」據詩意、壁注、謝安事跡本詩指崇禮鄉之土山。

〔註42〕可參〔唐〕房玄齡等撰：《晉書》（北京：中華書局，1974年），卷八十一，頁2118～2119。

> 細書妨老讀，長簟愜昏眠。取簟且一息，拋書還少年。(〈臺
> 上示吳願〉40／737)

> 園蔬小摘嫩還抽，畦稻新春滑欲流。枕簟不移隨處有，飽
> 餐甘寢更無求。(〈園蔬〉41／771)

> 山陂院落今接種，城郭樓臺已放燈。白髮逢春惟有睡，睡
> 間啼鳥亦生憎。(〈山陂〉42／796)

年老眼眊不利讀書，不如拋書而睡，飽餐甘寢也許是最簡單的生活節
奏，然而喜睡有時乃避世俗嫌嫉的象徵，城郭值放燈的喧囂繁華，王
安石卻惟有以睡來排遣，正對比了自我空間的孤寂，然喜睡則多夢：

> 井徑從蕪漫，青藜亦倦伏。百年惟有且，萬事總無如。棄
> 置蕉中鹿，驅除屋上烏。獨眠窗日午，往往夢華胥。(〈晝寢〉
> 22／389)

> 杖藜隨水轉東岡，興罷還來赴一床。堯桀是非猶（一作時）
> 入夢，因知餘習未全忘。(〈杖藜〉41／772)

〈杖藜〉中有王安石頗知名，不同於華胥氏之國迷離惝恍的夢，而〈晝
寢〉作於元豐七年，公自注云：「甲子四月十七日午時作。」安石被
疾初癒，優游亦倦懶，當病人須在一地回復健康，躺臥是唯一回應世
界的方式，易思索肉身的短暫，故唯掃除外累，多睡解憂，寄心懷於
夢境。

（三）遊畢歸返的終點

　　王安石罷相以後，需要可停泊的地方，半山園即是一停泊點，主
體停頓於此永恆的起點與終點，形成了半山園的另一個存在意義。王
安石從半山園往東行是鍾山區域：「小雨輕風落楝花，細紅如雪點平
沙。槿籬竹屋江村路，時見宜城賣酒家。」(〈鍾山晚步〉43／820)
近晚之時，遊步鍾山，眺望山腳下的村落，然而遊畢亦需返家，〈北
山暮歸示道人〉：「千山復萬山，行路有無間。花發蜂遞繞，果垂猿對
攀。獨尋寒水渡，欲趁夕陽還。天黑月未上，兒童初掩關。」(22／
400)隱含了其游罷鍾山後返家的情境與需要，從半山園往西走是城

區：「老翁塹水西南流，楊柳中間木小舟。乘興欹眠過白下，逢人歡笑得無愁。」（〈後元豐行〉1／2）藉由水路的迴旋自如，享受城東景緻，而歸返的行動再一次地確立了家的意義，〈春日晚行〉：「門前楊柳二三月，枝條綠煙花白雪。呼童羈我果下驅，欲尋南岡一散愁……興盡無人橰迎我，卻隨倦鴉歸薄暮。」（2／36）〈春日晚行〉是王安石從半山園往南岡，復回半山園的敘述，〈晚歸〉：「岸迴重重柳，川低渺渺河，不愁南浦暗，歸伴有嫦娥。」（40／752）則是王安石自城南的小河南浦還家。半山園除具備了物質功能，可供蔽雨遮風，是一心於山林的標誌以外，歸遲、暮歸、晚歸隱藏了家的歷史與理所當然的敘事，由於家是如此稀鬆平常，平淡得以致不再說，不再說卻緊要，是其游歷後可歸返的，接納與包容的所在。

二、鍾山、雱祠堂、寶公塔、蔣山太平興國禪寺、洗缽池、道光泉、蒙亭、定林院、八功德水、西庵、西崦、泝亭、寶乘寺、法雲寺、東岡、白門

　　熙寧九年以前，王安石視鍾山區域部份是類似於郊區的遊歷之所，熙寧九年以後隨著王安石在白塘營建半山園，佐近鍾山，此區域成爲其閒居生活的一部份，如王安石身處半山園內即可見山。當「憶江東」的模式轉變爲熙寧九年以後其以居士身份「身處圖畫中」，以是有詩人與鍾山更多的互融互動所生發的存有性聯繫，此存有性聯繫表現在其對蔣山風物的抒寫，蔣山風物是如實的物象，但經由書寫的行動而成爲專屬於王安石的「蔣山風物」，如鍾山山色的青翠：「割我鍾山一半青」（〈戲贈段約之〉43／831）、繚繞鍾山的雲氣煙嵐：「北山朝氣澹高秋」（〈欲往鍾山以雨止〉42／797）、「木末北山煙冉冉」（〈木末〉41／777）、鍾山的皚皚雪景「看取鍾山如許雪，何須持寄嶺頭梅。」（〈雪中游北山呈廣州使君和叔同年〉42／794）、鍾山的恣意遊鳥：「惟有北山鳥，經過遺好音。」（〈半山春晚即事〉22／381）「婭姹不知緣底事，背人飛過北山前。」（〈黃鸝〉47／919）鍾山的

青松白石：「開門望鍾山，松石皓相映。」（〈己未耿天騭著作自烏江來予逆沈氏妹於白鷺洲遇雪作此詩寄天騭〉1／10）王安石與鍾山的存有性聯繫是見基於生活、遊歷於此的經驗，《景定建康志》云及鍾山的形勝：

> 其山峰最秀者，有屏風嶺，巧石青林，幽邃如畫，在明慶寺前。山之東有八功德水，在悟真庵後……又寶公塔西二里有洗缽池，興國寺西有道光泉，以僧道光穿斸得名，曰宋熙泉近宋熙寺之側，寺東山顛有定心石，下臨峭壁，寺西百餘步有白蓮庵，庵前有白蓮池，乃策禪師退居之所，又北高峰絕頂有一人泉，僅容一勺，多挹之不絕，皆山之勝處也。〔註43〕

又《〔嘉慶〕新修江寧府志》：

> 鍾山……山兩峯其北曰最高峯，其峴曰栽松，其巖曰太子曰楊梅，曰道卿，其嶺曰頭陀曰屏風，曰桂嶺，其塢曰桃花曰道士，曰茱萸，其岡曰孫陵，曰白土，曰南岡，曰獨龍，其水曰八功德水，曰東澗，曰玉澗，曰一人泉，曰道光泉，曰宋熙泉，曰應朝井，其洞曰朱湖其溝曰霹靂。〔註44〕

上皆方志所云鍾山的山水精華區，而王安石晚年於鍾山之遊蹤，可先以其長子王雱祠堂為一情感記憶的坐標，〈題雱祠堂〉：「斯文實有寄，天豈偶生才？一日鳳鳥去，千秋梁木摧。煙留衰草恨，風造暮林哀。豈謂登臨處，飄然獨往來。」（22／383）李壁注：「在寶公塔院。」李壁云雱祠堂在寶公塔院，而范文汲云：「父墓東南五步，為長兄安仁夫婦之墓，母墓左百十六步，為四弟安國之墓，其次是男雱之墓。」范文汲是依安石諸墓誌所言，墓與祠堂可能分別在鍾山二地，或佐近於一處，但鍾山確是王安石家族墳塋集中之地，寶公塔位於鍾山南之玩珠峰，即獨龍阜，為志公葬處，王安石之〈重登寶公塔復用前韻二首〉之一云：「獨龍下視皆陳迹，追屬齊梁亦未遙。」（27／486）又

〔註43〕周應合：《景定建康志》，卷十七，頁918。

〔註44〕呂燕昭、姚鼐：《〔嘉慶〕新修江寧府志》，卷十六，頁69～70。

〈和子瞻同王勝之游蔣山〉：「司馬壙廟域，獨龍層塔巔。」（25／462）
足見寶公塔地處鍾山高勢，塔亦巍峨，蔣山太平興國禪寺即在寶公塔
前，《景定建康志》：「蔣山太平興國禪寺，去城一十五里。梁武帝天
監十三年以定林寺前岡獨龍阜葬誌公，永定公主以湯沐之資造浮圖五
級於其上，十四年即塔前建開善寺，今寺乃其地也……本朝太平興國
五年改賜今額。」〔註45〕蔣山太平興國禪寺即梁之開善寺，雱祠堂、
寶公塔、蔣山太平興國禪寺之西乃洗缽池與道光泉，〈重登寶公塔二
首〉之一：「遺寺有門非輦路，故池無缽但僧瓢。」遺寺，即梁武之
開善寺，故池即洗缽池，《景定建康志》卷十九：「熙寧八年，僧道光
披榛莽，得泉深五尺，穴竹引注寺中，由嶺至寺凡三百步，王荊公手
植二松於其傍，其後道光又得二泉，合爲一派，主寺者，作屋覆於其
上，名曰蒙亭，以此泉得之道光，故名道光泉。」熙寧八年道光得泉，
其後又得二泉，主寺者作屋曰蒙亭，王安石則有〈蒙亭〉一詩已見上
述。寶公塔西南爲木末軒，取王安石詩〈木末〉爲名，塔西北爲下定
林寺（朱偰云：「塔後」），《景定建康志》卷四十六：「定林寺有二……
下定林寺在蔣山寶公塔西北……今爲定林庵，王安石舊讀書處。」
（1442）下定林寺爲王安石讀書處，米元章榜曰昭文齋，李伯時則畫
安石像於壁。

　　寶公塔地處高峻，塔身巍峨，〈北山三詠〉其一寶勢云：「寶勢旁
連大江起，尊形獨受眾山朝。」（26／483）而在元豐二年有條由僧人
所修築的道路連繫著王安石的兩個感覺點，〈元豐二年僧修定林路
成〉：「獨龍新路得平岡，始免游人屐齒妨。更有主林身半現，與公隨
轉作陰涼。」（43／817）這條路徑連繫寶公塔與定林院，故曰定林路
又曰獨龍新路，路的修成令人喜悅，便於游走。雖則寶公塔爲鍾山區
域可見度很高的建築，後人遊山亦往往以寶公塔爲方向的指標，如陸
游〈入蜀記〉云：「晨至鍾山道林眞覺大師塔焚香，塔在太平興國寺

〔註45〕周應合：《景定建康志》，卷四十六，頁1433～1434。

上，寶公所葬也……塔西南小軒曰木末，其下皆大松……塔後又有定林庵……歸途過半山少留……」又元人胡炳文〈遊鍾山記〉：「故路左入半山……出行三四里又入一寺……兩廡級石而升四五十丈始至寶公塔，邊有軒名木末……由塔後循山而左過安石讀書處……又行數里休於觀音亭，其傍八功德泉……回塔後攀松升磴六七里……北視揚子江頭……下山。」二人皆以寶公塔用以指涉其他地景的方向與距離，然王安石晚年以寶公塔入詩為題者共五首，王霧祠堂一首，而下定林寺入詩為題者共十九首，僅次於鍾山的四十二首，以故下定林寺可作為王安石在鍾山區域一重要的感覺點。

〈定林院〉：「漱甘涼病齒，坐曠息煩襟。因脫水邊屨，就敷岩上衾。但留雲對宿，仍值月相尋。真樂非無寄，悲蟲亦好音。」（22／384）全詩善用虛字、照應靈活，有從容不迫之趣，「真樂非無寄，悲蟲亦好音」，李壁注：「退之謂『隱居者有托而逃焉』，即『寄』之謂。」李壁在此以隱者托於山林即安石真樂之所寄，定林院周遭的絕佳山水便能引發安石的山林之樂，如「定林修木老參天，橫貫東南一道泉。」（〈定林〉44／863）、「屋繞灣溪竹繞山，溪山卻在白雲間。」（〈定林所居〉44／864）、「眾木凜交覆，孤泉靜橫分。」（〈定林寺〉4／65），修松繁茂、泉水潺湲，隱於淡淡白雲間，於此與二三友人亦足消磨，〈和耿天騭同游定林寺〉：「道人深閉門，二客來不速。攝衣負朝暄，一笑皆捧腹。逍遙煙中策，放浪塵外躅。晤言或世間，誰謂非絕俗。」（5／90）而王安石以定林寺作其讀書處，有多方原因，一者乃寺院在當時所具備的功能，在宋代，寺院文化的公益設施可吸引士人，寺院也因承擔節慶活動成為社會活動的中心，並往往是集貿和重要的文化市場，寺院於士人之不可或缺，具多方面意義，其一，感受清淨，為心靈上的調適所需；其二，感受文化，觀摩書畫作品，於宗教氛圍，使自我完善；其三，購置所需，游逛集市般的文化市場，使心理和需求得到滿足；其四，享受服務，相對健全的社會服務體系，對休沐官員及士人具有誘因；其五，即興創作，眾多流動人口，予士人創作欲

望，題壁文化即此種情感宣泄的產物，〔註46〕王安石慶歷七年（1047）
〈鄞縣經游記〉〔註47〕中，寺院在其因公巡視的過程便擔負著供給食
宿的功能。

　　二者，王安石晚年近佛，則其以定林寺作為讀書處亦代表了對佛
理的欣向，生活於寺院可感受濃厚的宗教氛圍。元豐年間安石作〈望
江南歸依三寶讚〉云：

> 歸依眾，梵行四威儀。願我遍遊諸佛土，十方賢聖不相離，
> 永滅世間癡。
>
> 歸依法，法法不思議。願我六根常寂靜，心如寶月映琉璃，
> 了法更無疑。
>
> 歸依佛，彈指越三祇。願我速登無上覺，還如佛坐道場時。
> 能智又能悲。
>
> 三界裏，有取總災危。普願眾生同我願，能於空有善思惟，
> 三寶共住持。〔註48〕

依此可知其晚歲近佛，然王安石與佛教結緣甚早，後同方外大德交往
幾達三四十人：瑞新、寶覺、惠思、道原、秀長老、慧禮、懷璉、常
坦、道升、覺海元公、安大師、德殊、修廣、惠崇、惠岑、淨因、雲
渺、無惑、榮上人、行詳、處謙、祥師、虛白、簡師、岳上人、靜照、
相上人、無著、道光、慧休、大覺、淵師、慈照、然師、真淨，〔註49〕
慶歷六年（1046）安石之〈揚州龍興講院記〉〔註50〕是其與僧人交游
的最早記載，而安石晚年乃臨濟宗黃龍派三世官居士，官居士在此指

〔註46〕可參劉金柱：〈士大夫與寺院文化〉，《唐宋八大家與佛教》（北京：
　　　　人民出版社，2004 年），頁 195。

〔註47〕王安石：《王臨川文集附沈氏注》，卷八十三，頁 526。

〔註48〕王安石：《王臨川集》，《王荊公詩李氏注附沈氏勘誤補正》（台北：
　　　　鼎文書局，1979 年），卷三十七，頁 213。

〔註49〕可參劉金柱：《唐宋八大家與佛教》，頁 174～176；張培鋒：〈佛教對
　　　　宋代士大夫影響個案研究〉，《宋代士大夫佛學與文學》（北京：宗教
　　　　文化出版社，2007 年），頁 160～184。

〔註50〕王安石：《王臨川文集附沈氏注》，卷八十三，頁 528。

禪宗南宗俗家法嗣或信徒嘗爲官者。中國禪宗始祖爲達摩，慧可、道璨、道信、弘忍嗣二、三、四、五世祖統，自五祖弘忍，其法嗣神秀開北宗，慧能嗣六祖宗統傳南宗，北宗至唐末而衰，南宗獨盛，禪宗南宗簡稱「南宗禪」，慧能後懷讓、行思並繼宗統，開南岳、青原二系，玄宗開元十九年（732），懷讓付道一法眼，德宗貞元四年（788），道一寂，懷海嗣三世祖統，懷海寂後，南岳系漸分四宗，自唐元和十年（815）至五代末（960），凡 45 年，爲五宗期，南岳漸分爲溈仰、臨濟、雲門、法眼，青原系獨傳曹洞宗。《宋高僧傳‧唐眞定府臨濟院義玄傳》：「釋義玄，俗姓邢，曹州南華人也。參學諸方，不憚艱苦，因見黃蘗山運禪師，鳴啄同時，了然通徹。」〔註 51〕唐宣宗大中五年（851），南岳五世臨濟義玄首建臨濟宗，存獎、慧顒、延昭嗣臨濟二、三、四世祖統，南岳八世、臨濟四世祖風穴延昭中晚年已入宋，南岳九世首山省念嗣臨濟五世祖統，南岳十世汾州善昭嗣臨濟六世祖統，善昭圓寂，南岳十一世石霜楚圓嗣臨濟七世祖統，仁宗康定元年（1040），石霜圓寂後析爲楊岐及黃龍兩派，至此即南宗禪之五宗七派：即溈仰、臨濟、雲門、法眼、曹洞五宗及臨濟支派楊岐與黃龍。

　　石霜楚圓法嗣南岳十二世黃龍慧南開山於洪州（今江西南昌）黃龍山，遂開黃龍派，以門庭嚴竣，發展影響不及楊岐，神宗熙寧二年（1069），慧南圓寂，南岳十三世（臨濟九世）晦堂祖心嗣黃龍二世祖統，祖心同門寶峰克文法嗣，黃龍三世官居士可考二人之一即王安石，寶峰克文（1025～1102）曾南游衡岳，又到仰山，熙寧五年（1072），到高安（今江西高安市），住持聖壽寺、洞山十二年，元豐末，到東吳（今江蘇省江南一帶）游歷，時王安石居定林，聞克文說法大悅，元豐七年（1084）上奏捨宅爲寺，神宗准奏，賜名報寧，安石並請克文禪師主持，又奏請皇帝賜克文以紫袈裟及「眞淨大師」之號，〔註52〕《釋氏

〔註51〕〔宋〕贊寧：《宋高僧傳》（北京：中華書局，1997 年），卷十二習禪篇，頁 277。

〔註52〕以上參梁天錫：〈宋佛教南宗禪官居士考〉，《宋代歷史文化研究》（北

稽古略》：「熙寧十年，奏施建康舊第爲禪寺，請克文住持。帝賜額曰報寧，賜文號眞淨禪師。文，隆興寶峰雲庵禪師也，名克文，生陝府鄭氏。參黃龍南禪師，深得玄奧。」〔註53〕《釋氏稽古略》所云王安石奏施建康舊第爲禪寺的時間點爲誤，但王安石的確是延起克文禪師爲半山報寧禪寺的開山第一祖。

　　臨濟家風機峰峻烈、單刀切入，以直接體悟心性及其關係爲入路特點，所以注重由心導入般若關照，「卷舒縱擒，殺活自在」據不同人、不同時代而調節引入，具方法之靈活性，吳汝鈞認爲臨濟禪的特色主要由「眞正見解」體現出來，其云：

> 所謂眞正見解，即是眞正的自己，要人在自己的生命中樹
> 立起眞正的自我，樹立起眞正的主體性。這眞正見解是從
> 「眞我」或「主體性」處講。臨濟認爲人在日常生活的各
> 個方面，都不應人云亦云，而當有自己的見解。所謂自己
> 的見解，即是要有自己的表現、自己的方向。這是要尋得
> 眞正的自我，樹立起自己的主體性，才可達到。……在這
> 裡，我們即就他要人建立自己的眞正見解、樹立自己的主
> 體性這一主張，來確定其禪法的特色。〔註54〕

臨濟禪的特色與安石的學術精神頗相呼應，欲成一家之言，須出於自治，於我之有得，如安石對待儒釋間的態度，採調和論的立場，蔣義斌謂儒釋調和論云：「實即『同情的了解』儒、釋，本其『一貫之宗旨』願望，欲成一家之言之學者，在爲學的態度上平等對待儒、釋，不墨守一家之說，進而融合儒、釋思想要素之學說。」〔註55〕安石

京：人民出版社，2000 年），頁 165～188；閆孟祥：《宋代臨濟禪發展演變》（北京：宗教文化發展社，2006 年），頁 144～148。

〔註53〕〔元〕覺岸：《釋氏稽古略》（台北：新文豐，1975 年），卷四，頁29。

〔註54〕閆孟祥：《宋代臨濟禪發展演變》引，頁 12。

〔註55〕蔣義斌：《宋代儒釋調和論及排佛論之演進——王安石之融通儒釋及程朱學派之排佛反王》，（台北：台灣商務，1997 年），頁 3。其思想可參本書第二章〈王安石之融通儒、釋〉，頁 22～58。

早年作〈答曾子固書〉〔註56〕即以廣泛汲取的態度，反對世俗所認為的佛經亂俗，〈定林院〉：「眞樂非無寄，悲蟲亦好音。」李壁詮釋王安石晚年之眞樂乃隱逸之樂，而若將王安石晚年於定林院撰作《字說》的現象聯繫起來，可將安石之眞樂再引申為處於山林寺院仍秉持學術、政治關懷，新法、新經、新學乃一脈相連，欲成一家之言也，文獻曾記載安石於定林撰《字說》的情形：

> 荊公作《字說》時，只在一禪寺中。禪床前置筆硯，掩一龕燈。人以書翰來者，折封皮埋放一邊。就倒禪床睡，少時，又忽然起來，寫一兩字，看來都不曾眠。字本來無許多意理，他要個個如此做出來，又要照顧得前後，要相貫通。〔註57〕

> 王荊公作《字說》，一日躊躇徘徊，若有所思而不得，子婦適侍見，因起其故，公曰：「解飛字不得」。婦曰：「鳥反爪而升也。」公以為然。〔註58〕

定林院作為王安石晚年於鍾山區域的一個重要的感覺點，此感覺點在於其創造了場所的人文精神，安石著《字說》乃欲成一家之言，建立自我的主體性，從而於原有的文化景觀——定林寺增添了開創自我的意義。定林寺後環屏風，前障桂嶺，峰巒復沓，屏風嶺在定林寺之後明慶寺之前，則明慶寺在定林寺之後，八功德水則位於明慶寺前，〈書八功德水庵〉：「幽獨若可厭，眞實為可喜。見山不礙目，聞水不逆耳。翛然無所為，自得而已矣。」（4／67）八功德水瑩澈甘滑，相傳飲之可以癒疾，此詩言見山聞水，默與意會，八功德水庵亦近安石讀書處，當其讀書倦煩，亦可遊此暢懷舒悁。

　　《景定建康志》：「宋熙泉在蔣山寶公塔之西，有宋熙寺基，基之

〔註56〕王安石：《王臨川文集附沈氏注》，卷七十三，頁467。

〔註57〕〔宋〕黎靖德編；王星賢點校：《朱子語類》（北京：中華書局，2004年），冊八，卷一百三十，頁3100。

〔註58〕〔宋〕曾敏行撰：《獨醒雜志》（台北：藝文印書館，百部叢書集成之二九，1966年），知不足叢書二，冊一，卷四，頁10。

左有泉，因名宋熙泉，今蔣山興國寺日用皆此泉也。」（19／968）寶
公塔之西爲宋熙寺，宋熙寺之左爲宋熙泉，宋熙寺西百餘步有白蓮
庵，王安石金陵詩中出現的西庵應即白蓮庵，〔註59〕而其詩中有兩條
與西庵相關的移動路線，即〈自定林過西庵〉：「午雞聲不到禪林，柏
子煙中靜擁衾。忽憶西岩道人語，杖藜乘興得幽尋。」（42／794）此
即塔之西北與塔之西的兩個感覺點的移動路徑，安石又有〈與道原游
西庵遂至草堂寶乘寺二首〉（22／390），《景定建康志》：「報隆寶乘禪
寺即舊草堂寺，在上元縣鍾山鄉，去城十一里。」〔註60〕報隆寶乘禪
寺舊名草堂寺，昔爲周顒隱居處，梁簡文帝〈草堂傳〉：「汝南周顒，
昔經在蜀，以蜀草堂寺林壑可懷，乃於鍾嶺雷次宗學館立寺，因名草
堂，亦號山茨。」〔註61〕孔稚圭〈北山移文〉則描繪了周顒隱居時的
傲態，應詔出山的醜態，接受官爵後的俗態，揭露其沽名釣譽，欺騙
名山，假名士的眞面目，在諷刺中下了逐客令，因其文有「蕙帳空兮
夜鶴怨，山人去兮曉猿驚。」蕙帳多爲隱士所用，王安石抒寫草堂寺，
常使用蕙帳、鶴猿的典故，「鶴有思顒意，鷹無變遁心」（〈重游草堂
寺次韻三首〉22／394）、「蕙帳銅瓶皆夢事，翛然陳跡翳松蘿。」（〈與
道原游西莊過寶乘〉43／814）、「蕙帳今（一作空）留鶴，蘿衣空挂

〔註59〕 王安石之〈與道原游西庵遂至草堂寶乘寺二首〉（22／390）李壁注：
　　　　「西庵，疑即白雲庵。」安石有〈清涼寺白雲庵〉（42／793），白雲
　　　　庵當近城西清涼山即石頭山之清涼寺，〈游棲霞庵約平甫至因寄〉（23
　　　　／415）李壁曰：「棲霞庵，或便是西庵，疑不可考。」沈欽韓云：
　　　　「此題李注疑爲西庵，云不可考。然《志》於棲霞寺載公此詩，則
　　　　爲棲霞寺無疑。」沈氏認爲西庵即棲霞寺，非不可考，但參王安石
　　　　〈寄西庵禪師行詳〉（22／391）、〈白鶴吟示覺海元公〉（3／55）、〈自
　　　　定林過西庵〉（42／794），及〈與道原游西庵遂至草堂寶乘寺二首〉
　　　　詩題詩意及路線，又據附表位置洗缽池條，蔣山太平興國寺西有白
　　　　蓮庵，庵前有白蓮亭，並王安石有〈鍾山西庵白蓮亭〉（38／706），
　　　　故王安石所指西庵可能爲鍾山之白蓮庵，非李壁所疑之白雲庵或棲
　　　　霞庵。
〔註60〕 周應合：《景定建康志》，卷四十六，頁1439。
〔註61〕 〔清〕嚴可均編：陳廷嘉等校點：《全上古三代秦漢三國六朝文》（石
　　　　家莊：河北教育出版社，1997年），冊七，卷十三，頁142。

（一作終換）貂。」（〈草堂〉22／398），意皆昔人已去，空留寂寞。
報隆寶乘禪寺去城十一里，蔣山太平興國禪寺去城一十五里，可知報
隆寶乘禪寺亦在寶公塔之西，而據文本推測西庵是介於下定林寺與報
隆寶乘禪寺之間。報隆寶乘禪寺去城十一里，鍾山的章義寺則去城十
里，章義寺，本齊集善寺，唐改今名，又改爲法雲院，在蔣山寺西，
安石之〈游章義寺〉云：

> 九日章義寺，倦游因解鑣。拂榻寄午夢，起尋北山椒。岑
> 蔚鳥絕迹，悲鳴惟一蜩。歡言與僧期，于此共簞瓢。斬松
> 八九根，窗壁具一朝。伏檻何所見，蒼蒼圍寂寥。巖谷寒
> 更靜，水泉清不搖。安得有車馬，尚無漁與樵。神茂眞觀
> 復，心明眾塵消。陰嶺有佳客，儻來不須招。（13／245）

王安石所書寫的章義寺周遭乃蒼蒼青松，泉清巖靜，罕無人跡之地，
遊之便可滌除煩囂。綜上，王安石晚年於鍾山的遊蹤乃集中於如下地
帶：王雱祠堂在寶公塔院，寶公塔前爲蔣山太平興國禪寺，雱祠堂、
寶公塔、蔣山太平興國禪寺之西有洗缽池與道光泉，寶公塔西南爲木
末軒、塔西北爲下定林寺，明慶寺在定林寺之後，八功德水則位於明
慶寺前。寶公塔之西爲宋熙寺，宋熙寺之左爲宋熙泉，宋熙寺西百餘
步有白蓮庵，而其詩文有兩條與西庵（白蓮庵）相關的移動路線，即
定林往西庵，西庵往報隆寶乘禪寺，據文本推測西庵是介於下定林寺
與報隆寶乘禪寺之間，鍾山的章義寺則去城十里，亦在蔣山太平興國
禪寺之西，故王安石晚年於鍾山區域的橫向移動主要集中於去城一十
五里的蔣山太平興國禪寺與去城十里的章義寺之間五里的地帶，而王
安石於鍾山區域的移動經驗即反映於其詩文中路意象的使用。

　　移動經驗作爲日常經驗的一部份，反映於王安石的詩文中爲路意
象的使用，與詩題中從某某過某某，移動經驗產生了空間感的散射，
憑附實有的路徑，在主體的流動性中塑造了鍾山的詩意空間。王安石
晚年一方面除延續了熙寧九年以前對於鍾山青松路的書寫，如〈與北
山道人〉：「蒔果疏泉帶淺山，柴門雖設要常關。別開小徑連松路，只

與鄰僧約往還。」（44／862）倦於俗套的送往迎來，故雖有柴門也常緊閉，別開另一條幽僻的小徑連著松路，松路即泛指鍾山路，小徑連繫著松路則便於與鍾山僧人的交游，而松路便暗喻禪家的妙悟智慧，這是其晚歲近佛的表露，而鍾山的空間有自然物如「五願木」、「一人泉」、「八功德水」、「道光泉」……人文物「寶公塔」、「定林寺」、「法雲寺」、「湝亭」……王安石以松意象使鍾山地景，形成一意義網絡，投射主體意識，松未必是詩文中的主要主題，王安石的鍾山卻是松遍布的世界：新松、松櫟、松門、松風、松路、松柏、松菊、磊珂拂天、歲寒枝、青松壑。松之無所不在，使鍾山的地景彼此隱翳交與：松門上的寶公塔，新松邊的定林院，蒼蒼圍繞的章義寺，松柏間的湝亭，秋深松菊徑的蒙亭。〈自白門歸望定林有寄〉中王安石從城南宣陽門（白門）遙望定林，由松聯想到處於青松當中的定林寺與老友，「杳杳青松壑，知公在兩間」指道人之棲止，溶入的綿密。至如〈北山道人栽松〉，愛松的崇高陽剛美，〈蔣山手種松〉歲寒枝對抗嚴寒，興起此身老病與死亡的陰影，松可使人警醒超拔，種松是欲於無情流轉中揚棄悲哀、奮力不懈。松與鍾山地景的融合，有別於方志中地景去城幾里的制式抒寫，其晚年生活方式則襯托松清新出俗、出世的一面，並王安石思想調和論的思維，松意象寄寓了儒家精神的揚棄悲哀與禪學的妙悟智慧、目擊道存。

　　除了鍾山青松路的書寫，安石亦常使用路的意象，無路何以入山？不遷移何以安棲？行路、臨路是時間與空間的旅程，路徑的選擇即進入的方式，在迴旋往復的運動裡，清明的心境自直擊而來：

　　　　法雲但見脊，細路埋桑麻。（〈法雲〉（2／31））

　　　　霹靂溝西路，柴荊四五家。（〈霹靂溝〉（40／736））

　　　　千山復萬山，行路有無間。（〈北山暮歸示道人〉（22／400））

　　　　朝尋東郭來，西路歷湝亭。（〈湝亭〉（2／35））

　　　　山泉墮清陂，陂月臨靜路。（〈步月〉（2／33））

　　　　六月杖藜尋石路，午陰多處弄潺湲。（〈定林〉（44／863））

　　春風日日吹香草，山北山南路欲無。(〈悟真院〉(43／818))
石路顛簸，彼端卻有潺湲幽景，新路不妨屐齒，便於游走，松路、細
路、靜路乃幽僻的小徑，人跡罕至，故可自在悠遊。緩慢地自西邊的
庵步行至東邊的寺，或山中暮歸，踏月而還，路意象雖未必是王安石
晚年詩的重要象徵，卻是進入的姿態，與漫游憑附的物質條件，最後
路徑則象徵了人生的抉擇，〈兩山間〉：「自予營北渚，數至兩山間。
臨路愛山好，出山愁路難。山花如水淨，山鳥與雲閒。我欲拋山去，
山仍勸我還。只應身後冢，便是眼中山。且復依山住，歸鞍未可攀。」
(2／33)憑依著路而觀山、愛山，再要出山便覺不捨，也是其晚年
樂於棲隱的表述。

　　熙寧九年以前，王安石除英宗治平年間母喪長居金陵，其餘時間
大都來去匆匆，故以鍾山爲主的感覺區所涉及的地名較熙寧九年以後
爲少，而王安石罷相以後閒居金陵，則有較充裕的時光遊歷此區，故
對鍾山區域的景觀或此區域內的其他地景有更深刻細緻的描摹，張文
潛云：「予自金陵月堂謁蔣帝祠，初出北門，始辨色，行平野中，時
暮春，人家桃李未謝，西望城濠，水或流或絕，鷄鶩白鷺，迤邐傍山，
風物夭秀，如行錦繡圖畫中，舊讀荊公詩，多稱蔣山風物，信不誣矣。」
〔註62〕張耒(1054～1114)字文潛，蘇門四學士之一，爲北宋中晚期
重要的文學家，張耒遊歷金陵，美景當前而想起王安石的詩，金陵多
靈秀山水無怪乎王安石詩多書寫蔣山風物，而張耒以美景與詩文相印
證也見得王安石詩並不虛美，同時張耒的聯想也代表王安石金陵詩中
的蔣山風貌已經被接受爲觀看、感受鍾山的經典方式。

三、白下門、白下亭、台城寺、齊安寺、宋興寺、光宅　　寺、靜照禪師塔、勇老退居院、景德寺、秦淮河、　　南浦、南埭、潮溝、朱雀航、段氏園亭

　　王安石晚年閒居時期於城郭的感覺區主要集中於城東、城東南一

〔註62〕周應合：《景定建康志》引，卷十七，頁918。

帶，首先城東、城東南一帶與鍾山區域相似處皆乃安石晚年閒遊所喜
之地，但與熙寧九年以前王安石於城區的感覺區比較，範域主要集中
於城外周邊地區，此乃因王安石於半山園鑿渠開港而連繫城區的水路
網，故藉由水路之便可迤趨城東、城東南周邊的風光帶，城東、城東
南區處於水景旖旎的秦淮平原區，水景的美，首先是它的映照特性，
一泓平靜的池潭或湖水正如一面鏡子般澄明，水既能使上下空間加
深，又可使橫向空間推遠，前者平靜無瀾，如一面明鏡倒映諸景，後
者則因波浪的起伏前進，推向遠方。〔註63〕安石筆下的城東風光帶既
不同於茅山群的幽渺敻絕，亦不同於鍾山區域靜寂中仍飽含松林的陽
剛之美，城東、東南乃煙水迷離、楊柳依依，綴以幾點洲渚的柔和之
美。

　　王安石晚年位於城東的感覺區，可以白下門作一切入點，白下門
即東門，聯繫白下橋，白下橋爲進城之要道，橋傍有賓踐之亭，因橋
而名，即白下亭，〔註64〕南宋寧宗嘉泰四年三月，從事郎建康府觀察
推官劉叔向〈重建橋記〉：

> 金陵爲六朝故都，風土遺跡歷歷可考，自上元縣治東行里
> 許，有橋曰白下……國朝自六飛南駐，以是邦爲陪都，白
> 下一橋當江浙諸郡往來之衝，不惟士夫民旅往來經行，而
> 日飲萬馬於秦淮，旬給諸屯之糧餉，舍此無他道也……傍
> 有賓踐之亭，因橋而名，亦就摧剝，併葺治之……〔註65〕

白下橋歲久朽蠹，故以石易木，後更名爲上春橋，金陵境內由於河流
縱橫而橋樑眾多，陳振云：「江寧北靠長江，境內河流縱橫，水運交
通歷來十分發達，陸上交通則依靠數以百計的橋梁以溝通四通八達的
驛路。驛路也稱官路、官道，不僅是官辦驛傳的通道，還是客旅通行
的交通大道，通常在驛路兩旁修建泄水溝渠，驛路兩側通常也栽種樹

〔註63〕見侯迺慧：〈水的美感〉，《詩情與幽境》，頁194、198。
〔註64〕可參周應合：《景定建康志》，卷二十二，頁1028。又張敦頤《六朝
　　　　事跡類編》云：「亭在東門矣……今廢矣。」卷上，頁105。
〔註65〕周應合：《景定建康志》白下亭條引，卷十六，頁904。

木以遮陰。但是寬闊的長江被稱爲天塹，南北交通只能靠渡船過江，以南宋建康府境內爲例，除長江是依靠渡船外，其他河流上主要依靠建造橋樑解決陸上交通，建康府轄境內共有近二百座橋梁，分布在各條驛路及其他道路上，既便利了陸上交通，許多橋梁下又可通航，形成了十分便利的水陸交通網。」〔註66〕自孫吳時期即就城區進行水利疏濬工程，至楊吳城濠的興建，水路網四通八達，兩宋時期則繼承此優勢，興建眾多橋樑，安石之〈和叔招不往〉：「門前秋水可揚舲，有意西尋白下亭。只欲往來相邂逅，卻嫌招喚苦丁寧。」（42／812）王安石於半山園西開一小港，可乘小舫徑往城區，故有「門前秋水」之句，而白下門周遭的風光帶即其晚年喜遊歷的所在，水景的靈動充溢詩中：

> 紫柴散策靜涼飆，隱几扁舟白下潮。紫磨月輪升靄靄，帝青雲幕卷寥寥。數家雞犬如相識，一塢山林特見招。尚憶木瓜園最好，興殘中路且回橈。（〈回橈〉26／470）
>
> 東門白下亭，摧覽蔓寒葩。淺沙代素舸，一水宛秋蛇。漁商數十室，門巷隱桑麻。翰林謫仙人，往歲酒姥家。調笑此水上，能歌白楊花。楊花飛白雪，枝裊綠煙斜。舞袖卷煙雪，綺裳明紫霞。風流麗蓬顆，故地使人嗟。迢迢陌頭青，空復可藏鴉。（〈東門〉8／164）

在〈回橈〉中即可見水路是半山園與白下門周遭極便捷的移動路徑，而於王安石眼中的白下門一帶是弱水蜿蜒、桑麻交錯的恬靜自然之景，雖據《冷齋夜話》云：「公曰：『太白詞語迅快，然十句九句言婦人、酒耳。』」〔註67〕安石認爲李白詩作不免在內容上失之正，但在〈東門〉「翰林謫仙人，往歲酒姥家」仍憶起了李白在城西的孫楚酒樓乘醉翫月，李白〈翫月金陵城西孫楚酒樓達曙歌吹日晚乘醉著紫綺裘烏紗巾與酒客數人棹歌秦淮往石頭訪崔四侍御〉云：「昨翫西城月，

〔註66〕見陳振：〈宋代江寧（建康）的社會經濟〉，《宋代社會政治論稿》，頁216～218。

〔註67〕魏慶之：《詩人玉屑》，頁253。

青天垂玉鉤。朝沽金陵酒，歌吹孫楚樓。忽憶繡衣人，乘船往石頭。
草裏烏紗巾，倒被紫綺裘⋯⋯」〔註68〕即便王安石亦不免回想起李白
桀驁的神采。城東區縈迴著水的意象，除城東之外，王安石心中的城
東南亦如是，〈招約之職方並示正甫書記〉：「當緣東門水，尚澀南浦
舳。」（1／12），東門與南浦的對應除了具有詩文美感上的考慮，另
外水景則將此兩個感覺點聯繫起來，南浦爲城南的小河，安石晚年亦
屢屢提及南浦之景與遊歷之趣：

> 南浦東岡二月時，物華撩我有新詩。含風鴉綠鱗鱗起，弄
> 日鵝黃裊裊垂。（〈南浦〉41／774）

> 南浦隨花去，回舟路已迷。暗香無覓處，日落畫橋西。（〈南
> 浦〉40／743）

> 岸迴重重柳，川低渺渺河。不愁南浦暗，歸伴有嫦娥。（〈晚
> 歸〉40／752）

第一首詩的含風一聯色彩明麗，對偶精嚴，是王安石的名句，其以鴉
綠代水，鵝黃代柳，以顏色代物體，妙在言物之用而不言物之名，而
王安石晚年即喜遊歷南浦，在第二首王安石用寥寥數筆描繪河上風
光，充滿詩情畫意，五言絕句全憑意境取勝，作者此詩不愧出色當行。

除此，王安石晚年常提及的城區河流爲秦淮河，但城區水景的書
寫王安石多以白下門、亭或者南浦入詩的作品承載之，秦淮河在其詩
中則擔負著重要的水路運輸功能，〈同王浚賢良賦龜得升字〉：「艤船
秦淮擔送我，云此一可當十朋。」（1／15）在秦淮河北岸及秦淮河以
南則有安石晚年喜遊賞的齊安寺與光宅寺，亦即不論陸路間水路王安
石前往二寺皆甚便利，〈光宅寺〉：「齊安孤起宋興前，光宅相仍一水
邊。」（42／791）此詩敘述了齊安寺、宋興寺、光宅寺的地緣關係，
李壁云：「光宅寺，梁武帝宅也；其北齊安寺隔淮，齊武帝宅也；宋
興又在其北。齊安今爲妙靜寺，在城東門外，前臨官路，後徙置高隴，
面秦淮。」金陵寺院密集五步一僧舍，十步一蘭若，宋時猶存的文化

〔註68〕李白：《李白集校注》，卷十九，頁1122。

景觀，間接傳達南朝佛教的鼎盛，即由北至南分別爲宋興寺、城東門外面臨秦淮即秦淮河北岸的齊安寺及城東南的光宅寺，《景定建康志》卷四十二：「梁武帝宅，今府城東南七里光宅寺基是。」〔註69〕安石之〈光宅寺〉亦云：「翛然光宅淮之陰，扶輿獨來坐（一坐止）中林。」（2／35）光宅寺位於秦淮河以南，安石詠齊安寺則云：

> 遙望南山堪散釋，故尋西路一登高。（〈成字說後與曲江譚揆丹陽蔡肇同游齊安院〉43／816）

> 水南水北重重柳，山後山前處處梅。未即此身隨物化，年年長趁此時來。（〈庚申游齊安院〉43／814）

> 風暖紫荊處處開，雪干沙淨水洄洄。意行卻得前年路，看盡梅花看竹來。（〈壬戌正月晦與仲元自淮上復至齊安〉43／815）

> 招提詩壁漫黃埃，忽忽籠紗雨過梅。老值白雞能不死，復隨春色破寒來。（〈庚申正月游齊安院有詩云水南水北重重柳壬戌正月再游〉43／815）

元豐三年安石游齊安院，因物化之憂，欲把握良時，主要由於白雞情結，元豐四年〈生日次韻南郭子二首〉之二：「殘骸已若雞年夢，猶見騷人幾度來。」（45／870）李壁注：「謝安夢白雞年。公酉生，屢用此事。」元豐四年〈次張唐公韻〉：「公乘白鳳今何處？我適新年值白雞。」（41／785）李壁注引《獨覺寮雜記》卷上：「荊公多用晉白雞事。……蓋公生於辛酉也。」《晉書・謝安傳》：「（安）自以本志不遂，深自慨失，因悵然謂所親曰：『昔桓溫在時，吾常懼不全。忽夢乘溫輿，行十六里，見一白雞而止。乘溫輿者，代其位也。十六里，止今十六年矣。白雞主酉，今太歲在酉，吾病殆不起乎！』……尋薨，時年六十六。」，〔註70〕白雞主酉，謝安薨於酉年，王安石生於宋眞宗天禧五年辛酉，元豐四年亦辛酉，逢甲子之週年，至元豐五年壬戌未死，故云「老值白雞能不死，復隨春色破寒來。」破繭而出，喜不

〔註69〕周應合：《景定建康志》，卷四十二，頁1374。
〔註70〕可參房玄齡：〈謝安傳〉，《晉書》，卷七十九，頁2076。

自禁，藉遊之活動展現其剛健不屈的精神：「意行卻得前年路，看盡梅花看竹來。」

　　而對於光宅寺的抒寫，安石捕捉了屬於個人的關於地方的記憶，這裏不只是佛教寺院興廢之所在，也是個人逝去的往日舊跡：

> 欲牽淮舸共尋源，且踏青青繞杏園。憶我舊時光宅路，依然桑柳映花繁。（〈游城東示深之德逢二首〉之一 43／826）

> 緣岡初日溝港淨，與我門前綠相映。隔淮仍見裊裊垂，行立怊悵去年時。

> 杏花園西光宅路，草暖沙晴正好渡……（〈春日晚行〉2／36）

而王安石元豐年間所作之〈光宅寺〉云：

> 今知光宅寺，牛首正當門。台殿金碧毀，丘墟桑竹繁。

> 蕭蕭新犢臥，冉冉暮鴉翻。回首千歲夢，雨花何足言。（22／399）

光宅寺本梁武帝（502～549）舊宅，天監六年，梁武帝舍宅作寺。昔雲光法師講法華經於光宅，每有華如飛雪，滿空而下。講訖，即升空而去。《景定建康志》卷四十二云：「梁武帝宅，今府城東南七里光宅寺基是。」〔註71〕牛首即牛頭山，狀如牛頭，一名天闕山，在城南三十里，〔註72〕「牛首正當門」指牛首山正對宣陽門。首二句自地理位置言，即從光宅寺可遠眺「削成雙峰玉骨清」的牛首山，而雨花臺則在城南三里，即高座寺之基，《景定建康志》卷四十六云：「高座寺……嘗有雲光法師講法華經於寺……今號雨花臺，則故僕盧給事中，名襄字贊元者所命也，寺易今名，且百年矣。」〔註73〕則梁武帝時雲光法師曾講經於二寺，此則從歷史聯繫光宅寺、雨花臺，梁武信佛，其時京師寺刹，多至七百，卻由崇佛致世事敗壞，台殿已成丘墟，但千年一夢，梁代紛擾也不足一道了。而城東南王安石友人段縫之居所周

〔註71〕周應合：《景定建康志》，卷四十二，頁 1374。
〔註72〕周應合：《景定建康志》，卷十七，頁 927。
〔註73〕周應合：《景定建康志》，卷四十六，頁 1443。

圍，亦體現了江南一帶小橋流水人家的景觀特色，翛翛楊柳，煙水迷離：

> 菱暖紫鱗跳復沒，柳陰黃鳥囀還飛。（〈段約之園亭〉26／468）
>
> 欹眠隨水轉東垣，一點炊煙映水昏。漫漫芙蕖難覓路，翛翛楊柳獨知門。青山呈露新如染，白鳥嬉游靜不煩。朱雀航邊今有此，可能搖蕩武陵源。（〈段氏園亭〉26／469）

《景定建康志》卷四十二：「江總宅，在青溪大橋北。」又卷十六云：「今上元縣東南百餘步，段氏居乃江總宅也。」〔註74〕《方輿勝覽》青溪條引《景定建康志》並簡化道：「吳大帝鑿通城北塹，以洩玄武湖水。發源於鍾山，接於秦淮。及楊溥城金陵，青溪始分為二：在城外者，自城濠合於淮；在城內者，堙塞僅存。」〔註75〕朱偰則曰：「青溪發源鍾山，瀦為前湖，由半山寺後入城。」〔註76〕青溪據方志等書稱其「縈迴」、「九曲」、「連綿」、「迤邐」，雖南宋時河道堙塞，風光殊勝不難想像，因此地緣故王安石詠段氏園宅遂及青溪，如〈招約之職方並示正甫書記〉：「往時江總宅，近在青溪曲。井滅非故桐，台傾尚餘竹。」（1／12），「井滅非故桐」即化用江總〈尋宅〉詩，江總由陳入隋，再回建康訪其舊宅已不可尋，另〈段氏園亭〉中王安石亦提及朱雀航，《方輿勝覽》卷十四云：「朱雀航，在城東南四里。」〔註77〕又據朱偰建康圖，朱雀航正對六朝宮城正南門即宣陽門，中隔御道，相距五里，〔註78〕即宣陽門→御道→朱雀門→朱雀航，航於東晉王敦之亂中，為阻止叛軍渡淮而被

〔註74〕周應合：《景定建康志》，卷四十二，頁1375；周應合：《景定建康志》，卷十六，頁902。青溪大橋為青溪七橋之一，《景定建康志》卷十六云：「舊稱青溪九曲，蓋自元武湖引水，從東北縈迴達於秦淮，其曲折有九，故於其間跨橋有七，今城外青溪皆已堙塞，橋廢久矣，惟城內僅存一曲。」頁902。

〔註75〕祝穆：《方輿勝覽》，卷十四青溪條，頁238。

〔註76〕朱偰：《金陵古跡圖考》，頁36。

〔註77〕祝穆：《方輿勝覽》，卷十四，頁250。

〔註78〕朱偰：《金陵古跡圖考》，頁93～98。

溫嶠燒毀，改作朱雀浮航，採用杜預的河橋法，多夏可隨水位高下。段宅與朱雀航位於城東南、城南，相距不遠，〈段氏園亭〉順隨水路，可能即是朱雀航至青溪大橋一段，花樹曼延，煙波浩渺，翛翛句再化用江總〈尋宅〉「看柳尚知門」，但〈尋宅〉語調悲涼，不若此無心尋園，淪寂處，武陵人已入桃花源，正因柳暗花明，淮青交錯，襯托了段園之古雅。

綜上，王安石於城東、城東南的敘景主要由水景所承載，如白下門周遭，或者與白下門呼應的南浦，而秦淮河兩岸則有其常遊歷的齊安寺與光宅寺，段約之園亭亦是處於城東南區水域網四通八達處。

四、籜龍軒、清涼寺

安石之〈次韻酬朱昌叔五首〉之二云：「山蟠直瀆輸淮口，水抱長干轉石頭。」（26／475）蜿蜒的河流連繫著城南長干里與城西石頭城，王安石晚年於城西的感覺點主要集中於城西北冶城後岡上的籜龍軒、西州，與清涼山的清涼寺。籜龍軒與定林院昭文齋皆為王安石晚年讀書處，〈題正覺院籜龍軒二首〉之二：「仙事茫茫不可知，籜龍空此見孫枝。壺中若有閑天地，何苦歸來問葛陂？」（46／900）壺中即道家所稱仙境，亦可知籜龍軒為鬧中取靜之地，《景定建康志》卷二十二：「籜龍軒在城內西北鐵塔寺，王荊公嘗讀書處。」〔註79〕王安石以籜龍軒入詩為題的作品僅出現於熙寧九年以後，故可推論籜龍軒為安石晚年讀書處，然比較籜龍軒與定林院昭文齋的字頻統計，王安石晚年主要仍以定林院為主書齋，這亦與其晚年主要活動地帶從熙寧九年以前城區為主，至熙寧九年以後主要活動地帶從城區往半山園、鍾山區域的東移相關。而與城東南齊安寺相似者，清涼寺亦為王安石晚年尋常遊歷處，但清涼寺卻增添了送別之情：

> 故人不惜馬跰𨇦，許我年年一度來。野館蕭條無准擬，與
> 君對（一作封）植浪山梅。（〈與天騭宿清涼寺〉42／803）

〔註79〕周應合：《景定建康志》，卷二十二，頁 1033。

空懷誰與論，夢境偶相值。莫將漱流齒，欲挂功名事。(〈清涼寺送王彥魯〉5／96)

鞍雲做頂峭無鄰，水月爲矜靜稱身。木落崗巒因自獻，水歸洲渚得橫陳。(〈清涼寺白雲庵〉42／792)

薰風洲渚薺花繁，看上征鞍立寺門。

投老難堪與公別，倚岡(一作江)從此望回(一作還)轅。
(〈送黃吉父入京題清涼寺壁〉42／790)

王安石在清涼寺分別替王彥魯、黃吉父送行，場所遂在送別之情中突顯了它的意味，清涼寺在王安石的書寫下便與山中的寺院如下定林院或與城東南的齊安寺有了主體感受的區隔。

《景定建康志‧山川志序》云：「其左右群山，若散而實聚，若斷而實續，世傳秦所鑿斷之處，雖山形不聯，而骨脈在地，隱然相屬，猶可見也。」〔註80〕以上是用以形容鍾山與左右群山的地貌，耆老相傳鍾山左側方山、石碙山之間，鍾山右側盧龍山、馬鞍山之間爲秦始皇鑿斷長隴以洩王氣之所，故鍾山與其左側、右側群山從山形上看似是斷裂不接續，然群山之間實乃隱然相屬，有骨脈相繫，而此隱然相屬的關係，可用以說明王安石於金陵的文學地圖，即王安石用以入詩爲題的金陵地名或地景正因安石之故而成爲相互呼應的感覺點，感覺點的呼應首先是建立於一獨有特殊的主體即王安石有意識地在金陵龐大的地名群中揀擇具感覺者入詩的這一現象，主體有意識地揀擇的行動即是眾感覺點隱然相屬的關係，假使單就歌詠鍾山、台城等單一地景尚不足以將王安石從歌詠金陵的詩人群中分離出來，因它們亦是其他詩人曾經歌詠吟嘆的對象，那麼眾感覺點所形成的範域卻可以形成獨一無二的文學地圖，因爲並不存在來自於另一主體而與王安石的眾感覺點完全一致的地名清單，反之亦然。

而比較王安石熙寧九年以前與熙寧九年以後文學地圖最明顯的改變即是其主要活動地帶的集中與窄縮，以故王安石退相以後閒居金

〔註80〕周應合：《景定建康志》，卷十七，頁916。

陵，亦可說其「深居」金陵，這主要由於鍾山區域與城東、城東南區已可滿足其閒遊之樂，這便體現了封閉的開放性，此封閉的開放性可由王安石晚年以鍾山入詩為題的作品來說明：

> 小雨輕風落楝花，細紅如雪點平沙。槿籬竹屋江村路，時見宜城賣酒家。(〈鍾山晚步〉43／820)

> 兩山松櫟暗朱藤，一水中間勝武陵。午梵隔雲知有寺，夕陽歸去不逢僧。(〈游鍾山〉47／924)

> 雲從鍾山起，卻入鍾山去。借問山中人，雲今在何處？

> 雲從無心來，還向無心去。無心無處尋，莫覓無心處。(〈即事〉二首4／70)

〈鍾山晚步〉在體物工細的描寫中書寫遊山所見，〈游鍾山〉則旁及了鍾山的景觀特色，梵音松影，縹緲虛無，以自然、人文景觀洗滌身心，至於〈即事二首〉則是以平日所遊的鍾山作為譬喻的對象，抒發對佛理的體悟，遊歷鍾山的經驗是王安石晚年閒適詩中常見的書寫，〈即事〉則已涉及佛理詩的範圍，以上皆可見其晚年寫作的旨趣。王安石晚年主要活動地帶雖趨向於集中，但藉由靜觀山水，閒遊佛寺、園亭等，仍可滿足其追求寧靜之美與閒適之趣，在時間進程中漸次超越空間的限圍，達到精神上的自足與自由。

第五章　詩歌美學的金陵

　　作者以地名入詩最質實的功能是便於敘述，亦使讀者易於明瞭是作者哪段時期的作品，或作者指稱其人生歷程中的哪一時段，如王安石〈憶昨詩示諸外弟〉：「丙子從親走京國，浮塵坌并緇人衣。明年親作建昌吏，四月挽船江上磯……昊天一朝畀以禍，先子泯沒予誰依？精神流離肝肺絕，眦血被面無時晞。母兄呱呱泣相守，三載厭食鍾山薇……身著青衫手持版，奔走卒歲官淮沂。淮沂無山四封庳，獨有廟塔尤峨巍。時時憑高一悵望，想見江南多翠微。」（20／361）在作者這篇青年小傳中，地名的使用可使讀者易於明瞭作者所指何事，宋仁宗景祐三年（1036）王安石十六歲，隨父王益北上汴京，景祐四年（1037）王益通判江寧府，安石隨之，走京國、建昌吏便指此，仁宗寶元二年（1039）王益故世，「三載厭食鍾山薇」即指守喪一事，其後慶曆二年（1042）王安石簽書淮南判官，故有官淮沂之語，此便是以地名入詩的一項質實的功能。再者以地名入詩的另一個層面是審美上的意義，地名本身之由來即有耐人尋味的故事，而地名意境的繼承、轉化或創造則有賴作者有意識的書寫，王士禎《漁洋詩話》論及詩中的地理問題：「香爐峰在東林寺東南，下即白樂天草堂故址，峰不甚高，而江文通〈從冠軍建平王登香爐峰〉詩云：『日落長沙渚，層陰萬里生。』長沙去廬山二千餘里，香爐何緣見之？孟浩然〈下贛

石〉詩：『暝帆何處泊，遙指落星灣。』落星在南康府，去贛地亦千餘里，順流乘風，即非一日可達，古人詩只取興會超妙，不似後人章句，但作記里鼓也。」〔註1〕詩文畢竟不同於方志，方志在記載山川道里等需資料詳實，但若強求詩文需符合地理上的實際，則失去詩文空靈想像之美與興會之趣。最後，以地名入詩聯繫至王安石的詩學，王安石晚年詩以精工著稱，這也代表其詩文技巧的純熟，於是以地名入詩，或者在使用地名的典故時，就必須用最精練的文字去傳達地名的核心意義。以下將就後兩部份討論之。

第一節　地名意境的繼承與創造

地名一般包括通名和專名兩部份，所謂通名，是指山、川、湖、澤、省、市、縣一類的名稱，專名是某一類別中地名的特稱，而地名來歷多方，易啟人聯想，中國地名的特色多由二字或三字組成，其命名之現象如用字對稱者，表現為方位之對稱，諸如東西、南北、上下、左右等，北京市即與江蘇省省會南京市對稱，而寓意對應的地名則富有濃厚的文化氣息，頗富詩意，如江寧與海安，綜上，地名本身即含有豐富的文化內涵。

茲以金陵全境為例，金陵此一地名的由來一說為其地產金，故名金陵，即是以礦產而命名，蔣山、玄武湖則因傳說而命名，蔣山因避帝王之名諱故又易其名，牛首山似牛形，攝山則多藥草可以攝生因名，而如青溪、朱湖，以顏色形容之，或緣前人詩文，雞籠山雞鳴寺後之豁蒙樓，取杜甫〈八哀詩〉之五〈贈秘書監江夏李公邕〉：「憂來豁蒙蔽」，〔註2〕木末軒由王安石〈木末〉而命名，段縫之割青亭來自王安石佳句「割我鍾山一半青」（〈戲贈段約之〉），地名命名方式的多

〔註1〕〔明〕王士禎：《王士禎全集》（濟南：齊魯書社，2007年），冊六，雜著之十六，卷上，頁4773。

〔註2〕〔唐〕杜甫撰；錢謙益註：《杜工部集註》（台北：新文豐，1979年），卷七，頁8。

樣化，如以金銀銅鐵、飛禽走獸、花果草木、形象、數字、色彩、姓氏、神話與傳說……等，本身即構築一想象空間，頗具聲色之妙，再如蔣山北高峰絕頂處的一人泉，僅容一勺，挹之不絕，〔註3〕地理特徵與地名配合無間，虛實想象中，衍生了禪宗的機鋒交晤，《指月錄》云：

> 江南相馮延巳與數僧遊鍾山，至一人泉。問：「一人泉，許多人爭得足？」一僧對曰：「不教欠少。」乃別云：「誰人欠少？」法眼別云：「誰是不足者？」〔註4〕

不教欠少指名為一人泉，卻絲毫不欠少，無論多少人都足飲，意為佛法雖一句，義理則無窮，誰是不足者為法眼通過反問形式，強調人皆自足，不需外求，故而「一人泉」之地名本身即蘊含了佛教之義理，此即表現了地名與文化內涵的聯繫。

　　而當詩人以地名入詩所產生的詩歌意象與意境，有時甚而產生了左右理解的巨大力量，即詩人的詮釋一地的方式使得地名及與之相關的意象與意境，長久的留存於人們的記憶，這又不僅僅是地名之所由來的範圍了，宇文所安在〈地：金陵懷古〉一文中討論了文學作品形塑了金陵這座城市抑鬱的性格，其文的興趣「更多的在於這座城市的一種情緒和一種詩的意象的構成，一種構成這座城市被看方式的地點、意象、言辭的表層之物。」〔註5〕比如劉禹錫歌詠金陵的作品就成為觀看金陵的經典方式，即便劉禹錫從未曾到過金陵，但其詩作如〈西塞山懷古〉、〈金陵懷古〉、〈烏衣巷〉、〈石頭城〉等卻成為後人想像金陵時的一股左右理解的巨大力量。

　　的確，從歷史上而言，金陵沒有中國歷史上秦、漢、唐所定國都

〔註3〕可參周應合：《景定建康志》，卷十九，頁968；王象之：《輿地紀勝》，卷十七，頁768。

〔註4〕〔明〕瞿汝稷集：吳坤修重刊：《指月錄》（台中：廖進生，2008年），上冊，卷七，頁554～555。

〔註5〕可參宇文所安：〈地：金陵懷古〉，樂黛雲、陳珏編選：《北美中國古典文學研究名家十年文選》（南京：江蘇人民出版社，1996年），頁138。

的恢宏氣度，雄偉繁盛，歷史時期大都是割據王朝，建都時間短暫，三國時吳歷四帝：大帝、會稽王、景帝、歸命侯共六十二年；東晉歷十一帝：元帝、明帝、成帝、康帝、穆帝、哀帝、廢帝、簡文帝、孝武帝、安帝、恭帝共一百零六年；南朝宋歷八帝：宋武帝、少帝、文帝、孝武帝、前廢帝、明帝、後廢帝、順帝共六十年；南朝齊歷七帝：高帝、武帝、廢帝鬱林王、廢帝海陵王、明皇帝、廢帝東昏侯、和帝共二十四年；南朝梁歷四帝：武皇帝、簡文帝、元帝、敬帝共五十六年；南朝陳歷五帝：武皇帝、文皇帝、廢帝、宣帝、後主共三十三年；〔註6〕南唐歷三主：先主李昇、中主李璟、後主李煜共三十九年。除建都時間短暫，定都於此者大都國勢纖弱，政局清隱，以至偏安江南，統一的王朝都城僅有明朝朱元璋開國後在南京建都三十八年，其餘各代王朝，若非局部偏安，即為分土之弱國，均以悲劇收場，所以金陵是一座刻滿歷史悲劇痕跡的城市，可謂風雲變幻、歷盡滄桑，僅以此一角度，因金陵充滿悲劇的歷史，故歷來吟詠金陵多以感慨興亡為主軸，唐代以來，歌詠金陵的詩人群共享了「興廢枯榮」的詩歌主題，不離時代興亡之感、豪華盡落之悲、時間流轉之傷。〔註7〕

　　然而本為主位的城市的歷史漸漸讓渡給詩人群的創作而占據或主導了後人想像這座城市的方式。金陵的六朝化所造成永恆不變的記憶，及其所代表滄桑興亡的歷史，依此所形成的詠史懷古作品，於是本無感情的地名，轉化為深遠複雜的文化與歷史象徵，這包含了在詩文裏「昔」的時空中，以龍盤虎踞的地理形勢與幾經更迭的政權作一對比：「石頭巉巖如虎踞，凌波欲過滄江去。鍾山龍盤走勢來，秀色橫分歷陽樹。四十餘帝三百秋，功名事跡隨東流……」（李白〈金陵歌送別范宣〉）〔註8〕、「鍾山抱金陵，霸氣昔

〔註6〕以上參張敦頤：《六朝事蹟類編》第一卷總敘門之六朝興廢，頁 19～60。

〔註7〕林郁迢：《南宋士人思維中的南朝影像》（東華中文所碩士論文，民國 92 年 6 月），頁 11～17。

〔註8〕李白：《李白集校注》，卷七，頁 527。

騰發。天開帝王居，海色照宮闕。群峰如逐鹿，奔走相馳突。江水九道來，雲端遙明沒。時遷大運去，龍虎勢休歇……」（李白〈登梅崗望金陵贈族姪高座寺僧中孚〉）〔註9〕鍾山與石頭山代表的是絕佳的地理形勢，但即便有龍磐虎踞的地理條件，各王朝卻沒有因此國祚永存，所以《景定建康志》山川志序云：「形勢若此帝王之宅，宜哉。然自越以來，千七百年，山川不改，城郭屢更，人因地乎？地因人乎？昔周公定都洛邑，有德者易以興，豈專恃乎山川哉？」王朝之興不能僅恃山川。而在詩人吟詠的當下，即「今」的時空中，是不管興亡事的地景：「江山不管興亡事，一任斜陽伴客愁。」（沈彬〈再過金陵〉）〔註10〕與殘敗古蹟之間的對比，而遺跡尤以抒寫宮殿：「古殿吳花草，深宮晉綺羅。併隨人事滅，東逝與滄波」。（李白〈金陵三首〉其三）〔註11〕、城闕：「六代更霸王，遺跡見都城。」（李白〈留別金陵諸公〉）〔註12〕、臺觀、御路馳道、折碑、陵墓……等人文景觀的殘存以襯托今昔之變遷：「恃險不種德，興亡歎數窮。石城幾換主，天塹謾連空，御路疊成塚，臺基聚牧童。折碑猶有字，多紀晉英雄。」（王貞白〈金陵懷古〉）〔註13〕、「野花黃葉舊吳宮，六代豪華燭散風。龍虎勢衰佳氣歇，鳳凰名枉故臺空。市朝遷變秋蕪綠，墳壠高低落照紅。霸業鼎圖人去盡，獨來惆悵水雲中。」（李群玉〈秣陵懷古〉）〔註14〕另此主題中的典型人物如陳後主叔寶，從其所創音樂〈玉樹後庭花〉，構築之臨春、結綺、望仙閣，嬪妃投身底胭脂井，亦皆為繁盛轉而衰敗的物質象徵。

金陵自六朝以來，與江山形勝相對應的是六朝繁華與衰敗積澱而

〔註9〕 李白：《李白集校注》，卷二十一，頁1232。
〔註10〕 王啟興主編：《校編全唐詩》（武漢：湖北人民出版社，2001年），頁3665。
〔註11〕 李白：《李白集校注》，卷二十二，頁1301。
〔註12〕 李白：《李白集校注》，卷十五，頁926。
〔註13〕 王啟興：《校編全唐詩》，頁3747。
〔註14〕 王啟興：《校編全唐詩》，頁2909。

成的歷史滄桑之感，歷經文人的吟詠得以不斷強化，成爲文人無法抹
去的文化原型或情結，這類詠史懷古的作品從風格言，或抑鬱，或哀
傷，於是詠史抑鬱、懷古哀傷，即文學的金陵永恆的主題。〔註15〕

　　而王安石的詠史之作亦承襲了此今昔之對比，在詩文裏「昔」的
時空中，以龍盤虎踞的地理形勢與幾經更迭的政權作一並置，在詩人
吟詠的當下，即「今」的時空中，是不管興亡事的地景與殘敗的古蹟
之間，即「六朝遺跡舊山川」的對比，安石銜接於這一部份地名意境
的傳統，在感慨興亡的經驗中，金陵的自然山水，見證了王朝更迭，
如「牛首山」：「干戈六代戰血埋，雙闕但指山崔嵬。」（〈和微之登高
齋二首〉之二 9／167）；「鍾山」：「六朝人物隨煙淡，金輿玉几安在
哉？鍾山石城已寂寞，只見江水雲端來。」（〈和微之登高齋〉9／171）。
人文景觀則以古蹟的形式呈現，伴隨而來的是古蹟自身的殘缺與凋
零，是從過去存在的完整性中剝落的殘餘，延續了豪華不復見，佳氣
已消亡的地名意境，如「臺城」：「檻折檐傾野水傍，臺城佳氣已消亡。」
（〈次韻舍弟賞心亭即事二首〉之一 38／707）；「臨春、結綺閣」：「台
殿荒墟辱井堙，豪華不復見臨春。」（〈次韻微之登高齋有感〉30／
558）、「結綺臨春草一丘，尚殘宮井戒千秋。」（〈辱井〉45／889）、「臨
春美女閉黃壤，玉枝白蕊繁如堆。後庭新聲變樵牧，興廢倏忽何其哀。」
（〈和微之登高齋二首〉之二）；「辱井」：「結綺臨春草一丘，尚殘宮
井戒千秋。」（〈辱井〉）；「三品石」：「草沒苔侵棄道周，誤恩三品竟
何酬？」（〈三品石〉45／885）《韻語陽秋》云：「陳後主起臨春、結
綺、望仙三閣，極其華麗。後主與張麗華、孔貴妃各居其一，與狎客
賦詩，互相贈答，采其豔麗者被以新聲，奢淫極矣。隋克臺城，後主
與張、孔坐視無計，遂俱入井，所謂烟脂井是也。」〔註16〕辱井、三

〔註15〕胡阿祥：〈金陵懷古與其中的地名意境——以唐人劉禹錫的詩爲
　　　　例〉，《魏晉本土文學地理研究》，頁182～183。
〔註16〕〔宋〕葛立方：《韻語陽秋》（台北：藝文印書館，百部叢書集成，
　　　　1966年），學海類編十二，冊一，卷五，頁11。

品石與臨春、結綺、望仙閣俱在古臺城也，臺城乃東晉以來南朝正統政權的象徵，當臺城陷落，焚爲丘墟，亦往往是政權傾危之時，興敗之跡昭然，故臺城一帶的今昔變遷是歷來詩人在盛衰枯榮的主題中常喜歡擷取的景觀與意象。

　　然而因私人的記憶，使得地名意境產生了轉變，在王安石憶念親人的經驗中，首先因父王益、兄安仁、母吳氏、弟安國、子王雱的逝世，金陵成爲王安石扶喪、歸葬、居喪、展墓，有別於覽跡懷古式的登臨的場景，治平二年（1065）〈上宋相公書〉：「閣下以三公歸第，四方奔走賀慶之時，而某尙以衰麻之故，不能有一言自獻，以贊左右之喜。」、〈上富相公書〉：「近聞以旌纛出撫近鎮，而尙以衰麻故，不得參問動止。」〔註17〕安石以居喪者的身份感念宋庠、富弼二人的弔問，在人際關係的對應中因「衰麻之故」而在此處（金陵）的「我」，與在彼處的「你」，即不自覺的相互界定，也更確立了「我」與此處的關係，或者因某種原因而（正）與此處發生了關係，熙寧二年安石詩云：「春陰天氣草如煙，時有飛花舞道邊。院落日長人寂寂，池塘風慢鳥翩翩。故園回首三千里，新火傷心六七年。青蓋皂衫無復禁，可能乘興酒家眠。」（〈清明輦下懷金陵〉37／699）安石於清明時節，因在汴京而不克返鄉展墓，懷念起南方的金陵，此處它所代表的鄉土的意義更多是來自於雖未生於斯，然親人已葬於斯的經驗脈絡上。從地名意境，「更傾寒食淚，欲漲冶城潮」、「欲望鍾山岑，因知冶城路」不論是誇飾的手法以表達失兄之痛，或者沉靜的語調望山思母而登冶城，「冶城」已捕捉了逝去之悲傷的回憶；在感慨興亡的吟詠中「六朝人物隨煙淡，金輿玉几安在哉？鍾山石城已寂寞，只見江水雲端來。」鍾山是見證歷史興亡的地景，另一方面，鍾山乃安石親老墳塋所寄，此山遂成爲家族成員之間共同分享的語境，如詩題〈離北山寄平甫〉、「北山搖落水崢嶸，想見揚帆出廣陵。」（〈平甫如通州寄之〉），

〔註17〕俱見王安石：《王臨川文集附沈氏注》，卷七十六，頁485。

在詩中它不必然與喪亡產生聯繫，卻是彼此所共知的具有特殊意義的地方，而對安石個人而言，追憶的行為使鍾山轉變為親人精神長存的物質象徵，於是金陵、鍾山的地名意境便蘊含、表現了關於歷史的記憶或家族的記憶。

因之在地名意境的使用上，以鍾山為例，鍾山在王安石退處前以地理空間視之是親友墳塋所寄，遊歷、棲隱、解玩山川的空間使用；鍾山的地名意境在安石退處前的作品中，便有見證興亡的地景、憶念情懷的寄托、閒適、隱逸的不同象徵，此象徵時而雜揉，時而純粹。這便包含了地名意境的繼承與創造。

朱偰曾以南朝之文物、金陵之靈秀、江左之人物、史跡之眾多、盛衰興亡，至足引人流連憑弔，形容金陵的地域特色：

> 太白詩云「吳宮花草埋幽徑，晉代衣冠成古丘」，極言南朝之文物也；「三山半落青天外，二水中分白鷺洲」，極言金陵之靈秀也；牧之詩云「大抵南朝皆曠達，可憐東晉最風流。月明更想桓伊在，一笛聞吹出塞愁」，極言江左之人物也；許渾詩云「楸梧遠近千官冢，禾黍高低六代宮。石燕拂雲晴亦雨，江豚吹浪夜還風」，極言史跡之眾多也；夢得詩云「千尋鐵鎖沉江底，一片降幡出石頭。人世幾回傷往事，山形依舊枕寒流」，極言盛衰興亡，至足引人流連憑弔也。〔註18〕

朱偰的序言以唐人詩句說明金陵之特色，實際上它也是金陵被記憶的方式，是幻想與真實、文本與現實的相互交錯，究竟是金陵易使人流連憑弔？或者唐代詩人群的添加即文學的金陵至足引人流連？或者二者交相混合？當詩人運用金陵地名的魔術，在記憶中占據了位置，得到了這座城市的記憶的授權，它可能持久並反覆的出現，占據了城市的某片風景，揮之不去，〔註19〕就像劉禹錫詩歌中的金陵占據了想

〔註18〕朱偰：《金陵古跡圖考》，頁1。
〔註19〕可參宇文所安：〈地：金陵懷古〉，《北美中國古典文學研究名家十年文選》。

像的視野，若單從懷古的主題，王安石的金陵詩也承襲了懷古主題的先在視野與描寫模式，從方志的文藝志所輯錄的歷代詩人的作品中也可看到這個描寫模式的承襲，然而王安石的金陵詩中地名的使用尚有其他的創作內涵，這些是其歷史記憶、對家族成員的記憶、私人記憶、地方記憶在金陵場景中的各自貫穿或積累。

第二節　金陵地名、地景入詩的詩學美感

王安石晚年詩下字工、用事切、對偶精，其有用事法，《蔡寬夫詩話》云：

> 荊公嘗言：「詩家病使事太多，蓋皆取其與題合者類之，如此乃是編事，雖工何益？若能自出己意，借事以相發明，變態錯出，則用事雖多，亦何所妨？」故公詩如「董生只被公羊惑，肯信捐書一語真」，「桔槹俯仰何妨事，抱瓮區區老此身」之類皆意與本處不類。此真所謂使事也。〔註20〕

用典分語典與事典，用典需穩妥貼切，且避免俗爛，事典即引用古人故事或古代事物剪裁入詩，「自出己意，借事以相發明」即從事典言，並與其學術態度首重「自治」相關，須從自我體悟出發，故作詩使事也須含渾融化，「杖策窺園日數巡，攀花弄草興常新。董生只被公羊惑，肯信捐書一語真」（〈窺園〉41／779），李壁云：「仲舒少治《春秋》，三年不窺園，其精如此。」，治經三年不窺園，心無旁騖，王安石反用其意，批評董仲舒脫離實際的治學方法，「賜也能言未識真，誤將心許漢陰人。桔槹俯仰亦何事？抱瓮區區老此身。」（〈賜也〉44／859）端沐賜，衛人，字子貢，李壁云桔槹出《莊子·天地》，俯仰出《莊子·天運》，〈天地〉篇載子貢經漢陰，見老人抱瓮而出灌，用力多，見功寡，勸其以桔槹取水，老人忿然作色而笑曰：「有機械者必有機事，有機事者必有機心，道之所不載也。吾非不知，羞而不為。」子貢聽後大為讚許，認為孔子之外，復有斯人，此詩或作於變法期間，

〔註20〕《蔡寬夫詩話》，《詩人玉屑》卷七用事，頁147。

舊黨有謂祖宗法度不可更張，並對新法多涉理財形同聚斂有所不滿，王安石從子貢未識真的角度，批判當時抱殘守闕，不圖變化的保守思想，此皆爲靈活使事，有對偶法，《石林詩話》云：

> 荊公詩用法甚嚴，尤精於對偶，嘗云：「用漢人語，止可以漢人語對，若參以異代語，便不相類。」如「一水護田圍綠繞，兩山排闥送青來。」之類皆漢人語也，此惟公用之不覺拘窘卑凡。如「周顒宅在阿蘭若，婁約身隨窣堵波。」皆以梵語對梵語，亦此意，嘗有人向公稱「自喜田園安五柳，但嫌尸祝擾庚桑」之句以爲的對，公笑曰：「但知柳對桑爲的，然庚亦自是數，蓋以十干數之也。」〔註21〕

王安石之〈書湖陰先生二首〉之一云：「茅檐長掃靜無苔，花木成畦手自栽。一水護田將綠繞，兩山排闥送青來。」（43／822），據李壁注，「護田」出自《漢書·西域傳》，「自敦煌西至鹽澤，往往起亭，而輪臺渠黎皆有田卒數百人，置使者校尉領護。」顏師古注：「統領保護營田之事。」又「排闥」出自《漢書》：「樊噲乃排闥直入，大臣隨之。」，此即護田對排闥，爲漢人語對漢人語。另〈與道原游西莊過寶乘〉：「周顒宅在阿蘭若，婁約身歸窣堵波。蕙帳銅瓶皆夢事，翛然陳跡翳松蘿。」（43／814），李壁云：「阿蘭若，佛書或作阿練若。」一名法菩提場，見華嚴經（2／43），梵語，即佛寺，注云：「梵語窣堵波，此云靈廟。」即佛塔，阿蘭若對窣堵波，此爲梵語對梵語。《艇齋詩話》：「荊公詩及四六，法度甚嚴。湯進之丞相嘗云：『經對經，史對史，釋氏事對釋氏事，道家事對道家事。』此說甚然。」〔註22〕此已是結合用事對偶說名王安石詩法度甚嚴。

所謂「自出己意，借事以相發明」，漢人語對漢人語，梵語對梵語，故當王安石以地名、地景入詩，進而用事對偶，勢必得熟悉地理環境，歷史典實，方能隨意驅遣，同時避免編事，徒逞炫博，並對偶

〔註21〕何文煥：《歷代詩話》，卷中，頁252。
〔註22〕丁福保：《歷代詩話續編》，頁310。

工整，不致粗造，如〈和子瞻同王勝之游蔣山〉：

> 金陵限南北，形勢豈其然？楚役六千里，陳亡三百年。江
> 山空幕府，風月自觥船。主送悲涼岸，妃埋想故蓮。臺傾
> 鳳久去，城踞虎爭偏。司馬壙廟域，獨龍層塔巔。疏森五
> 願木，寒淺一人泉。柷杖窮諸嶺，藍輿罷半天。朱門囿綠
> 水，碧瓦第青煙。墨客真能賦，留詩野竹娟。(25／461)

詩序云：「子瞻同王勝之游蔣山，有詩。余愛其『峰多巧障日，江遠
欲浮天』之句，因次其韻。」元豐七年七月，因作詩譏諷時政而遭打
擊的蘇軾自黃州移官汝州，道經金陵，訪王安石，與江寧知府王益柔
（字勝之）同游蔣山，此詩為和作。首句引魏武事，魏武曾臨江曰：
「烏乎，固天所以限南北而分中外也！魏雖有武騎千群，無所用之。」
金陵向稱王者之都、風水寶地，《藝文類聚》丹陽尹序即以中原正統
的地理觀，移置於金陵地勢的想象與類比：「東以赤山為城皋，南以
長淮為伊洛，北以鍾山為曲阜，西以大江為黃河。」〔註23〕足見氣勢
非凡，然安石續以設問提請注意，並用二典，說明地利不如人和。《荀
子・仲尼》篇：「善用之，則百里之國足以獨立；不善用之，則楚六
千里地而為仇人役。」隋師伐陳，高頻謂薛道衡曰：「今茲大舉江東，
必可克乎？」對曰：「克之。嘗聞郭璞有言：『江東分王三百年，復與
中國合。』此數將周。」用隋將對話一事，亦借事以相發明，不啻郭
璞言準，實諷陳朝之荒怠，從「江山空幕府」至「寒淺一人泉」，除
風月句外，餘皆一句一地：幕府山、桃葉渡、金蓮石、鳳臺山、鍾山、
晉祠、獨龍岡、五願樹、一人泉，並一地繫一事或敘一景，且各自對
偶。

　　《景定建康志》云：「幕府山，在城西北二十里……晉元帝自廣
陵渡江，丞相王導建幕府於此山，因名焉。舊志」〔註24〕軍旅出征，
居無常所，以幕帟為府署，故曰幕府，後世凡行政官之記室，皆謂之

〔註23〕王象之：《輿地紀勝》引，卷十七，頁742。
〔註24〕周應合：《景定建康志》卷十二，頁921。

幕府，王導建幕府，開創了東晉分治江東的偉業，「主送悲涼岸」者，《輿地紀勝》云：「桃葉渡，《金陵覽古》云：『在縣南二里，秦淮口，桃葉者，晉王獻之愛妾名也，其妹曰桃根。』」並獻之獻詩云云，另據《方輿勝覽》桃葉渡一名南浦渡。〔註25〕「妃埋想故蓮」者，《輿地紀勝》云：「金蓮石，《金陵覽古》云：『在臺城內，齊東昏侯嬖潘淑妃，刻金蓮花於石，令潘妃行之，自言步步生蓮花。』」〔註26〕「主送悲涼岸，妃埋想故蓮」道出江左風流，或云因王安石妻子吳氏已逝，故憶故劍，想故蓮，慨古嘆今。

「臺傾鳳久去」者，《方輿勝覽》云：「鳳臺山、在城南二里餘，保寧寺是也。宋元嘉中，鳳凰集於是山，乃築臺山以旌嘉瑞。」〔註27〕而諸葛亮嘗云：「鍾山龍盤，石城虎踞，真帝者之都。」李壁注：「司馬，謂晉之故祠。」然祥瑞不可久，台傾鳳去，風水不可恃，唯剩晉室故祠，與蔣山獨龍岡上寶志大師等高僧的舍利塔巍然屹立。「森疏五願木，蹇淺一人泉」，泉如上述，《輿地紀勝》：「五願樹，《輿地志》，鍾山少林木，宋時諸州刺使罷還者，栽松三十株，下至郡守各有差，山之最高峰北五願樹，乃柞木也，荊公詩森疏五願樹。」〔註28〕

此詩先從大視野，總結楚至陳的歷史教訓，後以地名的明、暗用，興起空間神遊，自城西北之幕府山，城中之金蓮石，城南桃葉渡、鳳臺山，再至蔣山獨龍岡，遞進絕頂之一人泉、五願樹，上窮碧落下黃泉般的仰觀摩天，下視平衍，亦見金陵龍爭虎鬥的古戰場，也是女愛男歡的風流地，而地名形象之高壯，如龍、鳳，地名聲響之歷落有致，

〔註25〕王象之：《輿地紀勝》卷十七，頁 754；祝穆：《方輿勝覽》，卷十四，頁 238。

〔註26〕王象之：《輿地紀勝》卷十七，頁 760。台城者，朱偰云：「南朝都城最難考證者，厥為台城。自來說台城者，言人人殊……由上所考，可見台城即建康宮城，周圍八里，南距宣陽門二里，距淮朱雀航七里，北與同泰寺隔路相望」《金陵古跡圖考》，頁 101～108。

〔註27〕祝穆：《方輿勝覽》卷十四，頁 235。

〔註28〕王象之：《輿地紀勝》卷十七，頁 769。

配合對偶之工整變化，自「悲涼岸」、「想故蓮」、「鳳久去」、「虎爭偏」、「壖廟域」、「層塔巓」，如詩眼轉品般地改變詞性，以地名「五願木」、「一人泉」接對，達於意緒凝神之高峰，爾後「梲杖窮諸嶺，藍輿罷半天」順流而下，總結多年解玩山川之樂。此詩爲結合用事對偶，迭用地名者，以下表二，則爲對偶、用事對偶若干詩例：

表格二：熙寧九年以前與熙寧九年以後金陵地名入詩對偶、用事對偶者

地　名	詩　題	內　文
北山、南埭 馳道、射雉場	〈次韻登微之高齋有感〉（30／559）	北山漠漠雲垂地，南埭悠悠水映人。 馳道蔽虧松半死，射場埋沒雉多馴。
北阜、南塘	〈次韻微之即席〉（30／556）	閑日有僧來北阜，平時無盜出南塘。
雞鳴埭、射雉場	〈自金陵至丹陽道中有感〉（39／723）	荒埭暗雞催月曉，空場老雉挾春驕。
覆舟山、龍光寺 玄武湖、五龍堂	〈憶金陵三首〉（43／832）	覆舟山下龍光寺，玄武湖畔五龍堂。
長干里、白下門	〈示董伯懿〉（30／562）	長干里北寒山紫，白下門西野水明。
容溪、仙几山	〈登中茅山〉（38／710）	容溪路轉迷橫彴，仙几風來得墮樵。
直瀆、淮口 長干、石頭	〈次韻酬朱昌叔五首〉之二（26／475）	山蟠直瀆輸淮口，水抱長干轉石頭。
蕭寺、孫陵	〈次韻酬朱昌叔五首〉之三（26／475）	聯裾蕭寺尋眞覺，方駕孫陵吊仲謀。
東門、南浦	〈招約之職方並示正甫書記〉（1／12）	當緣東門水，尙溯南浦軸。
南埭、北山	〈與道原游西庵遂至草堂寶乘寺二首〉之一（22／390）	強穿西（一作南）埭路，共望北山岑。
司馬門、獨龍岡 五願樹、一人泉	〈和子瞻同王勝之游蔣山〉（25／461）	司馬壖廟域，獨龍層塔巓。 森疏五願木，甕淺一人泉。
南埭、北山	〈斜徑〉（44／847）	斜徑偶穿南埭路，數家遙對北山岑。
東皋、西崦	〈東皋〉（41／771）	東皋攬結知新歲，西崦攀翻憶去年。

長干、佳麗亭	〈雨花臺〉(27／488)	盤互長干有絕陘，并包佳麗入江亭。
開善寺、洗缽池	〈重登寶公塔二首〉(27／486)	遺寺有門非輦路，故池無缽但僧瓢。
溪姑祠、江令宅	〈次韻約之謝惠詩〉(5／91)	已無溪姑祠，何有江令宅？李壁注：「溪姑對江令，公於古詩亦求工如此。」
白土岡、朱湖	〈示耿天騭〉(22／398)	白土長岡路，朱湖小洞天。

　　錢鍾書評王安石詩「往往是搬弄詞彙和典故的遊戲、測驗學問的考題……」〔註29〕上引〈和子瞻同王勝之游蔣山〉即見以才學為詩的傾向，然不諳典實，便難以捕掠地名所折射的歷史光影，不明地理，又何知此詩流動屈起之美，金陵地理、人文與史實的熟悉，除王安石學問尚理〔註30〕、戮力於學，〔註31〕「無所不讀，無所不問」(《答曾子固書》) 的開放態度，也不能忽略王安石於地方的長期浸淫，故反映於詩作，地名與用事結合，熟典僻典的交互使用，不徒編事，形之對偶則切貼穩當。

〔註29〕錢鍾書：《宋詩選注》(北京：三聯書店，2005年)，頁65。

〔註30〕蔣山贊元禪師評王安石般若有障三語。

〔註31〕《邵氏聞見錄》載王安石為淮南簽判時，「每讀書至達旦……」，後與韓琦齟齬事，見〔宋〕邵伯溫撰：《邵氏聞見錄》(北京：中華書店，1997年)，卷九，頁94～95。王晉光已辨此事之不可信，可參〈王安石淮南簽判時期與上司關係考辨〉，《王安石論稿》(台北：大安出版社，1993年)，頁3。《邵氏聞見錄》所載雖不可信，但也間接肯認王安石的好學，而因安石本身好學，故也評人不讀書，《邵氏聞見後錄》載王安石初任參政，恨朝中諸公不明義理，一日謂之曰：「君輩坐不讀書耳。」諷刺諸公學術不明，為用功不勤，讀書不多，見〔宋〕邵博：《邵氏聞見後錄》(北京：中華書店，1997年)，卷二十，頁154。

第六章　結　論

　　金陵乃六朝古都，王安石少年時期父親王益通判江寧，隨宦至
之，後王益卒於官守，舉家居於金陵，此乃安石與金陵產生淵源之所
由，王安石少年時期仍未視金陵爲故鄉，但由於個人人生閱歷如親友
逝世爾後葬於金陵、頻繁的出入與往返、遊歷的人地互動，諸多經驗
皆可從熙寧九年以前王安石的「金陵詩」略見梗概，同時其「金陵詩」
中部份內容也漸次表達對金陵的深愛，王安石於金陵所曾發生過的生
活經驗及其與金陵人地互動所產生的經驗，其中的情感脈絡可能影響
王安石晚年的擇居意向，因之當其擁有擇居的自主權，仍以金陵作爲
終老之地。

　　王安石晚年閒居金陵近十年間，半山園幾與安石閒退生涯相始
終，直至捨宅作寺爲止，故半山園代表其一心於山林之志，半山園不
只是建築的完成，這個「家」的所在可能具有更深沉的象徵，而築居
的舉措使王安石晚年遊有所據：「每旦食罷，必一至鍾山……往往至
昃乃歸。」（《避暑錄話》）「家」即遊之活動的起點與終點，而遊則爲
其晚年閒居生活方式之一種，遊之活動凸顯了王安石與金陵山水知遇
的關係。

　　金陵山水以靈秀著稱，王安石晚年遊蹤，本文以三區劃分，之所
以有三區的劃分，除考察其詩文，並從其晚年詩中城郭與山林的使

用，發覺其範圍感中的基本面向：王安石於熙寧九年以前，在金陵的主要活動地帶仍以城區為主，熙寧九年以後，王安石主要活動地帶則東移至半山園與鍾山區域。本文以為每一經由王安石揀擇入詩為題的地名，皆可視作一感覺點，感覺點的聯繫則形成感覺區，感覺區可視之為王安石所喜好的山水精華區，或者充盈了歷史、私人的記憶，因王安石主觀的喜好而頻頻流連與持續吟詠，而三區之中又各有感覺價值中心，鍾山區域乃下定林寺，此因王安石於此撰作《字說》，安石著《字說》乃欲成一家之言，建立自我的主體性，從而於原有的文化景觀──定林寺增添了開創自我的意義；半山園區域為半山園，「家」作為一永恆的起點與終點，是構築遊之活動關鍵性之所在；城區域部份本文則以白下門為王安石的感覺價值中心，王安石不僅以白下門描述半山園的位址，白下門、白下橋在其「金陵詩」中承載、聯繫了更多水與水路的意象，甚於秦淮河，體現了超越城郭與山林的空間對立的閒適心境。

　　假使以「懷古者，見古跡，思古人」做為金陵文學傳統的一部份，王安石亦有與此相關的作品，但王安石熙寧九年以前的金陵詩已不侷限於詠史懷古，有其個人的獨特性，此即王安石「金陵詩」地名意境的繼承與創造，而王安石對地名的使用連繫其詩法，以是乎善用金陵諸地名之典實一方面除因其學問尚理，及無所不讀、無所不問的治學性格，再者因詩求精工，故需以精煉的語言、工整的對偶發揮地名在詩中的特色，因之王安石對地名的使用與擇取、指稱或象徵，除了繼承自文學傳統中的地名意境，其自身也參與了創造的隊伍，對於金陵文學或者自身的文學成就，都是相輔相成的結果。

附　錄

表一　王安石熙寧九年以前以金陵地名、地景入詩、入題、為
　　　題者：共 58 個地名

地　名	詩　　作
鍾山 29 首	〈雜詠四首〉之一（卷 40／頁 747）〈憶昨詩示諸外弟〉（20／361）〈過山即事〉（33／609）〈離蔣山〉（40／743）〈江東召歸〉（45／884）〈季春上旬苑中即事〉（31／573）〈同長安君鍾山望〉（37／702）〈和微之登高齋〉（9／171）〈次韻登微之高齋有感〉（30／559）「閒日有僧來北皇」〈次韻微之即席〉（30／556）〈乙巳九月登冶城作〉（14／259）〈次韻和甫春日金陵登台〉（35／648）〈同熊伯通自定林過悟眞二首〉之二（43／818）〈被召作〉（40／742）〈再題南澗樓〉（40／742）〈松間〉（44／865）〈離北山寄平父〉（37／688）〈赴召道中〉（45／883）〈泊船瓜州〉（43／835）〈學士院燕侍郎畫屏〉（44／852）〈懷鍾山〉（45／874）〈答熊本推官金陵寄酒〉（39／728）〈思北山〉（5／87）〈人間〉（45／879）〈憶蔣山送勝上人〉（14／257）〈和蔡樞密南都種山藥法〉（28／511）〈送張拱微出都〉（7／136）〈世故〉（44／855）〈寄金陵傳神者李士雲〉（43／837）
金陵 12 首	〈宣州府君喪過金陵〉（48／954）〈送吳開叔南征〉「金陵多麗景，此去屬蘭城」（23／415）〈初到金陵〉（44／862）〈次韻和甫春日金陵登台〉（35／648）〈自金陵至丹陽道中有感〉（39／723）〈出金陵〉（48／949）〈清明輦下懷金陵〉（37／698）〈答熊本推官金陵寄酒〉（39／728）〈金陵郡齋〉（43／824）〈憶金陵三首〉（43／833）〈寄金陵傳神者李士雲〉（43／837）〈王中甫學士挽詞〉（50／996）

冶城 5 首	〈送丁廓秀才歸汝陰二首〉之二（45／871）〈壬辰寒食〉（23／410）〈沘水寄和父〉「留連厚祿非朝隱，乖隔殘年更土思。已卜冶城三畝地，寄聲知我有歸期」（30／551）〈乙巳九月登冶城作〉（14／259）〈送張拱微出都〉（7／136）冶城，本吳冶鑄之所，今建康天慶觀，即其地也……疑導疾時以古冶遷東、西為二，故公詩「欲望鍾山岑，因知冶城路。」此謂東冶城也。
牛首山 3 首	「雙闕尚指山崔嵬」〈和微之登高齋二首〉（9／166）《景定建康志》卷十七：牛頭山，一名天闕山，在城南三十里，周回十七里，高一百四十丈。〈金陵懷古四首〉（35／653）「天闕亦已稠」〈霾風〉（4／69）
石城 3 首	「桃李白（一作石）城塢」〈雜詠四首〉之四（40／747）〈和微之登高齋〉（9／171）〈寄茶與平父〉（46／914）
長干里 3 首	長干是秣陵縣東里巷名。江東謂山隴之間曰干，金陵五里有山岡，其間平地，民庶雜居，有大長干、小長干、東長干，并是地名。〈送董伯懿歸吉州〉（16／294）〈示董伯懿〉（30／562）〈學士院燕侍郎畫屏〉（44／852）
高齋 3 首	葉清臣建，胡公宿作〈高齋記〉：「子城東北，趨鍾山為便，南唐李氏嘗因城作台，台上望月，台人相呼為月台。下臨浚濠，正面覆舟山，南對長干，西望冶城。立齋其上……『今采謝宣城宴坐之意，直題曰高齋』」〈和微之登高齋〉（9／171）〈和王微之登高齋二首〉（9／166）〈次韻登微之高齋有感〉（30／558）
臨春閣 3 首	後主至德二年，於光昭殿前為三閣，後主自居臨春閣，張麗華居結綺閣，龔、孔二貴妃居望仙閣……後主每引狎客江總等同後宮游燕賦詩相贈答，采其尤豔麗者被入新聲，習而歌之。如〈玉樹後庭花〉等，大抵皆美張、孔之美色。「臨春美女閉黃壤，玉枝白蕊繁如堆」〈和王微之登高齋二首〉（9／166）〈次韻登微之高齋有感〉（30／559）〈辱井〉（45／889）
揚州（金陵）3 首	〈雜詠四首〉之一（40／747）〈雜詠四首〉之二（40／747）「山借揚州更寂寥」〈自金陵至丹陽道中有感〉（39／723）
江寧 2 首	〈送江寧彭給事赴闕〉（39／730）〈送吳龍圖知江寧〉（30／547）
湖陰 2 首	湖陰，在公金陵所居旁近〈雜詠四首〉之二（40／747）王敦舉兵至湖陰，晉明帝微行，視其營壘，由是樂府有〈湖陰曲〉，即今太平州是也。〈次韻次道憶太平州宅早梅〉（29／543）
秦淮 2 首	「蕭條中原碣無水，嵬強又此憑江淮」〈和王微之登高齋二首〉之二（9／166）、「捫蘿路到半天窮，下視淮洲杳靄中」補箋：「淮洲，謂秦淮之洲也。」〈登小茅峰〉（38／710）
中茅山 2 首	《建康志》：中茅峰在積金山北，其側有泉，色赤而有味。〈登中茅山〉（38／710）〈中茅峰石上徐鍇篆字題名〉（47／934）

白石岡 2 首	《建康志》：白土岡在城東……又江寧縣城南十一里有石子岡，一名石子墩。吳孫峻害諸葛恪，投之於此岡，即韓擒虎受陳將任忠出降之所。又溧水縣北二十里有白石山。三處名皆不同，不知此所指何地。〈出金陵〉（48／949）白石岡，撫州、建康皆有之。〈中書即事〉（43／837）
白下門（白下）2 首	〈示董伯懿〉（30／562）〈和惠思聞蟬〉（45／872）
證聖寺 2 首	《景定建康志》卷四十六：證聖寺在行宮後，南唐保大中，木平和尚居此寺，故里俗至今呼爲木平寺。寺東有溝，迤邐西北接運瀆〈雜詠四首〉之三（40／747）《建康志》：寺在今行宮北，即舊木平寺。〈證聖寺杏接梅花未開〉（46／895）
定林寺 2 首	〈同熊伯通自定林過悟眞二首〉（43／818）〈次韻張德甫奉議〉（26／482）
祈澤寺 2 首	《建康志》：祈澤寺在府城東驛路之北，去城二十五里。宋少帝建。〈飯祈澤寺〉（13／246）寺在建康城東，去城四十五里，宋景明中建。梁朝置龍堂。〈祈澤寺見許堅題詩〉（47／932）
華藏院 2 首	《建康志》：「在斗門橋西街北，僞吳武義二年建。初爲報先寺，南唐改爲報恩禪院，國朝改今額。晉王子猷愛竹，嘗曰：『不可一日無此君。』意亦取此。」撫州崇仁縣亦有華藏院。〈華藏院此君亭〉（33／615）〈華藏寺會故人得泉字〉（23／403）
賞心亭 2 首	《江南通志》：賞心亭在江寧縣西，下水門城上。〈游賞心亭寄虔州女弟〉（24／421）《建康志》：賞心亭在下水門之城上，下臨秦淮，盡觀覽之勝。丁晉公建。〈次韻舍弟賞心亭即事二首〉（38／707）
南澗樓 2 首	在江寧尉司〈南澗樓〉（44／846）《輿地紀勝》：舊江寧尉衙。《建康志》：南澗樓在城南八里。〈再題南澗樓〉（40／742）
辱井 2 首	《建康志》云：井在台城內。陳末，後主與張麗華、孔貴嬪投其中，以避隋兵。其井有石闌，多題字。舊傳云：「闌有石脈，以帛拭之，作胭脂痕。」或云石脈色類胭脂，故又一名胭脂井。〈次韻登微之高齋有感〉（30／559）〈辱井〉（45／889）
射雉場 2 首	齊東昏侯置射雉場數百所，皆以七寶妝，在江寧縣東北三十里。「馳道蔽虧松半死，射場埋沒雉多馴」〈次韻登微之高齋有感〉（30／559）齊東昏侯治射雉場，在縣東北三十里。「空場老雉挾春驕」〈自金陵至丹陽道中有感〉（39／723）
大茅山 1 首	《建康志》：茅山初名勾曲山，像其形也。茅君得道，更名茅山，在縣東南四十五里，周回一百五十里。〈登大茅山頂〉（38／709）
仙几山 1 首	仙几山在句容縣東南四十里茅山之側。「仙几風來得墮樵」〈登中茅山〉（38／710）

小茅山 1 首	《建康志》：小茅峰在中茅峰背新室。〈登小茅峰〉（38／710）
覆舟山 1 首	覆舟山在城北七里，東際青溪，北臨眞武湖，狀如覆舟，因以爲名。〈憶金陵三首〉（43／833）
玄武湖 1 首	玄武湖周回四十里，宋以肆舟師。《建康志》：玄武湖亦曰後湖，在城北二里，東西有溝流入秦淮，深七尺，灌田一百頃。〈憶金陵三首〉（43／833）
東岡 1 首	〈次韻酬龔深甫二首〉26／473
南塘 1 首	李壁：南塘，秦淮南岸塘也。〈次韻微之即席〉（30／556）
蔡洲（蔡家沙）1 首	蔡洲，非汝、蔡之蔡。蔡洲在建康城西南一十二里，周回五十五里，隔岸即吳之客館。沈注《建康志》：蔡洲，今名蔡家沙，在城西南一十二里，周回五十五里。〈送張拱微出都〉（7／136）
昇州 1 首	升州，江寧府改府之前所用州名。〈離昇州作〉（43／834）
秣陵 1 首	秣陵，秦漢縣名，治所在今江蘇省南京市東南。宋時爲鎮，屬江寧府江寧縣。〈秣陵道中口占二首〉（40／745）
句容 1 首	句容，江寧屬縣。補箋：即今江蘇省南京市句容縣。〈句容道中〉（47／931）
長干寺 1 首	梁天監元年立長干寺，在秣陵縣東長干里，內有阿育王舍利塔。〈長干寺〉（35／645）
棲霞寺 1 首	〈游棲霞庵約平甫至因寄〉（23／415）
龍光寺 1 首	《景定建康志》卷四十六：龍光寺在城北覆舟山下，宋元嘉三年，號青園寺。〈憶金陵三首〉（43／833）
蕭寺（應指開善寺）1 首	〈古寺〉（48／957）
悟眞院 1 首	《建康續志》：悟眞庵在蔣山八功德水之南，有梅摯悟眞院亭。〈同熊伯通自定林過悟眞二首〉（43／818）
白蓮庵 1 首	〈思北山〉（5／87）
玉晨觀 1 首	沈注《江南通志》：玉晨觀在句容縣大茅峰下〈玉晨大檜鶴廟古松最爲佳樹〉（35／657）
白鶴廟 1 首	《建康志》：白鶴廟在朝山下玉晨觀，屬句容縣。白鶴廟屬溧陽縣，山在縣西南二十里。〈玉晨大檜鶴廟古松最爲佳樹〉（35／657）
養龍池 1 首	《建康志》：雷平山有玉晨觀，舊傳高辛時展上公及周時郭眞人故宅。觀前有郭眞人養龍池。「白雲坐處龍池杳」〈登小茅峰〉（38／710）
景陽宮 1 首	景陽宮，在台城內。「東城景陽陌」〈送董伯懿歸吉州〉（16／294）
台城 1 首	〈次韻舍弟賞心亭即事二首〉（38／707）

東府 1 首	《輿地志》：金陵有東府城，晉安帝時築。其城西本簡文爲會稽時第，其東則丞相會稽王道子府。謝安薨，以道子代領揚州，州在第，故時人號爲東府、西州。「東府舊基留佛利」〈金陵懷古四首〉（35／653）
西州 1 首	《丹陽記》：揚州廨乃王敦所創，有東、南、西三門，俗謂之西州。又「會稽王道子領揚州，第在州東，故時人號爲東府，而號府廨曰西州。」〈送丁廓秀才歸汝陰二首〉之二（45／871）
此君亭 1 首	沈注《江南通志》：此君亭在上元縣華藏寺，王安石與弟詠竹於此。〈華藏院此君亭〉（33／615）
江寧府園 1 首	補箋：府園，謂江寧府後花園也。〈懷府園〉（42／808）
小金山 1 首	小金山在江寧之府園。蘇公頌有〈金陵府舍重建金山亭〉詩，見本集中。〈懷府園〉（42／808）
徐秀才園亭 1 首	按《建康續志》，徐氏即徐鉉之後。鉉宅舊在攝山棲霞寺西，今曰陶莊即其地，園池甚盛。〈徐秀才園亭〉（47／934）
籌思亭 1 首（應該 1 首）	在江東轉運司南廳。沈注：《建康志》：籌思堂在轉運使圃內，本籌思亭之舊。王荆公、范忠宣公皆有詩〈籌思亭〉（31／583）〈和惠思聞蟬〉（45／872）？
結綺閣 1 首	《景定建康志》卷二十一：臨春、結綺、望仙三閣，陳後主至德二年起。《宮苑記》：在華林園天泉池東、光昭殿前。高數十丈，并數十間。其窗牖戶壁欄檻之類，皆以沉檀爲之，又飾以金玉，間以珠翠。外施珠簾，內設寶帳。其服玩瑰麗，近古所未有。其下積石爲山，引水爲池，植以奇樹，雜以花藥。後主自居臨春閣，張麗華居結綺閣，龔、孔二貴妃居望仙閣，并複道交相往來。〈辱井〉（45／889）
五龍堂 1 首	李壁：五龍堂，不可考。〈憶金陵三首〉（43／833）
南埭 1 首	《建康實錄》：於方山南截淮立埭，即南埭。〈次韻登微之高齋有感〉（30／559）
馳道 1 首	庚寅增注。馳道：宋孝武帝作馳道，南自閶闔門，北出承明，抵玄武湖十餘里，爲調馬之所。〈次韻登微之高齋有感〉（30／559）
雞鳴埭 1 首	《建康圖經》：雞鳴埭在青溪西南潮溝上，過溝有埭，名雞鳴。齊武帝早游鍾山射雉，至此，雞始鳴。「荒埭暗雞催月曉」〈自金陵至丹陽道中有感〉（39／723）
三品石 1 首	《建康志》：台城千福院前醜石四，各高丈餘，云陳朝三品石。政和中，取歸京師，置於延福宮。〈三品石〉（45／885）
曲城 1 首	曲城，在秣陵。「茫茫曲城路，歸馬日斜時」〈秣陵道中口占二首〉之二（40／745）
容溪 1 首	登中茅山〈38／710〉

表二　王安石熙寧九年後以金陵地名、地景入詩、入題、為題者：共 101 個地名

地　名	詩　作
鍾山 42 首	〈戲贈段約之〉（43／831）〈同王濬賢良賦龜得升字〉（1／15）〈北山三詠・寶公塔〉（26／483）〈雪中游北山呈廣州使君和叔同年〉（42／794）〈宿北山示行詳上人〉（22／397）〈寄北山詳大師〉（48／972）〈示元度〉（1／18）〈己未耿天騭著作自烏江來予逆沈氏妹於白鷺洲遇雪此詩寄天騭〉（1／10）〈半山春晚即事〉（22／381）〈白鶴吟示覺海元公〉（3／55）〈即事二首〉（4／71）〈木末〉（41／777）〈記夢〉（43／821）〈陶縝萊示德逢〉（1／10）〈獨歸〉（4／79）〈獨臥有懷〉（4／80）〈望鍾山〉（5／87）〈同陳和叔游北山〉（45／867）〈和子瞻同王勝之蔣山〉（25／461）〈北山〉（45／889）〈北山〉（45／803）〈鍾山〉（缺頁碼）〈鍾山晚步〉（43／820）〈北山道人栽松〉（42／805）〈蔣山手種松〉（42／809）〈欲往鍾山以雨止〉（42／797）〈北山暮歸示道人〉（22／400）〈題齊安寺山亭〉（22／395）〈示寶覺〉（43／829）〈與北山道人〉（44／862）〈示王鐸主簿〉（43／830）〈榮上人遽欲歸以詩留之〉（27／491）〈酬和父祥源觀醮罷見寄〉（28／518）〈謝鄭戩秘校見訪於鍾山之廬〉（37／701）〈鍾山西庵白蓮亭〉（38／706）〈北山有懷〉（42／798）〈鍾山即事〉（44／846）〈斜徑〉（44／847）〈寄沈道原〉（45／869）〈題北山隱居王閒叟壁〉（45／883）〈黃鸝〉（47／919）〈游鍾山〉（47／924）〈游鍾山〉（44／864）
下定林寺（含昭文齋）19 首	〈出定力院作〉（48／945）〈元豐二年僧修定林路成〉（43／817）〈和耿天騭同游定林寺〉（5／90）〈游土山示蔡天啓秘校〉（2／41）〈再用前韻寄蔡天啓〉（3／47）〈定林示道原〉（3／57）〈昭文齋〉（40／737）〈定林所居〉（44／864）〈定林院昭文齋〉（43／819）〈題定林壁懷李叔時〉（40／743）〈定林寺〉（4／65）〈題定林壁〉（4／65）〈書定林院窗〉（43／817）〈定林院〉（22／384）〈定林院〉（42／799）〈自定林過西庵〉（42／794）〈宿定林示寶覺〉（22／396）〈自白門歸望定林有寄〉（22／396）〈定林〉（44／863）　〈與徐仲元自讀書臺上過定林〉（40／754）
東岡 10 首	〈己未耿天騭著作自烏江來予逆沈氏妹於白鷺洲遇雪作此詩寄天騭〉（1／10）〈寄蔡天啓〉（42／810）〈望鍾山〉（5／87）〈寄四姪旃二首〉（42／809）〈南浦〉（41／774）〈杖藜〉（41／772）〈欹眠〉（22／382）〈散策〉（43／821）〈東岡〉（41／766）〈題八功德水〉（40／749）
寶乘寺（即草堂寺）9 首	〈與道原游西庵遂至草堂寶乘寺二首〉（22／390）〈重游草堂寺次韻三首〉（22／394）〈與道原游西莊過寶乘〉（43／814）〈對棋與道原至草堂寺〉（4／67）〈草堂〉（22／398）〈雨花台〉（27／489）〈草堂一山主〉（40／739）〈游草堂寺〉〈草堂懷古〉

秦淮河 9 首（〈步月〉暫入）	〈同王浚賢良賦龜得升字〉（1／15）〈次韻酬朱昌叔五首〉（26／474）〈游城東示深之德逢二首〉（43／826）〈游土山示蔡天啓秘校〉（2／41）〈再用前韻寄蔡天啓〉（3／47）〈秦淮泛舟〉（43／836）〈步月二首〉（2／32）未以淮入詩，但李云「要予水西去……復使東南注」指秦淮水〈光宅寺〉（2／35）〈春日晚行〉（2／36）〈壬戌正月晦與仲元自淮上復至齊安〉（43／815）
白下門（即東門）共 8 首	楊龜山說：介甫先封舒，後改封荊。〈封舒國公三首〉（42／799）〈次韻酬朱昌叔五首〉（26／475）〈招葉致遠〉（42／811）〈後元豐行〉（1／2）〈謝公墩〉（5／88）〈回橈〉（26／469）〈招約之職方並示正甫書記〉（1／12）〈東門〉（8／164）
齊安寺（即淨妙寺）8 首	〈庚申游齊安院〉（43／814）〈成字說後與曲江譚掞丹陽蔡肇同游齊安院〉（43／816）〈壬戌正月晦與仲元自淮上復至齊安〉（43／815）〈庚申正月游齊安院有詩云水南水北重重柳壬戌正月再游〉（43／815）〈同陳和叔游齊安院〉（43／816）〈題齊安寺山亭〉（22／395）〈題齊安壁〉（40／736）〈題齊安寺〉
西崦 7 首	〈再用前韻寄蔡天啓〉（3／48）〈寄西庵禪師行詳〉（22／391）〈榮上遽欲歸與詩留之〉（27／491）〈洊亭〉（40／739）〈東皋〉（41／771）〈誰將〉（41／774）〈過劉全美所居〉（42／823）
寶公塔 5 首	〈登寶公塔〉（27／486）〈重登寶公塔二首〉（27／486）〈北山三詠・寶公塔〉（26／483）〈寶公塔〉〈寶公塔院祠堂〉
西庵 5 首	〈寄西庵禪師行詳〉（22／391）〈與道原游西庵遂至草堂寶乘寺二首〉（22／390）〈自定林過西庵〉（42／794）〈鍾山西庵白蓮亭〉（38／706）〈鍾山西庵白蓮亭〉
南浦 5 首	〈招約之職方並示正甫書記〉（1／12）〈南浦〉（41／774）〈南浦〉（40／743）〈晚歸〉（40／752）〈送方劭秘校〉（41／787）
八功德水 5 首	〈與望之至八功德水〉（2／29）〈同沈道原游八功德水〉（5／87）〈八功德水〉（28／504）〈書八功德水庵〉（4／67）〈題八功德水〉（40／749）
光宅寺 5 首	〈游城東示深之德逢二首〉（43／826）〈光宅寺〉（2／35）〈光宅寺〉（22／399）〈光宅寺〉（42／791）〈春日晚行〉（2／36）
孫陵 4 首	〈次韻酬朱昌叔五首〉（26／475）〈次吳氏女子韻二首〉（45／868）〈一陂〉（41／771）〈九日〉（41／769）
清涼寺 4 首	〈與天騭宿清涼寺〉（42／803）〈清涼寺送王彥魯〉（5／96）〈清涼寺白雲庵〉（42／793）〈送黃吉父入京題清涼寺壁〉（42／790）
半山園（又名半山寺或東庵）共 5 首	〈書湖陰先生壁二首〉（43／822）〈題半山寺壁二首〉（4／64）〈溯筏〉一作〈過故居〉（22／389）「灑掃東庵置一床」〈酬俞秀老〉李壁注：「東庵即報寧」（28／505）

白下亭 4 首	〈和叔招不往〉（42／812）〈示報寧長老〉（48／967）〈東門〉（8／164）〈五柳〉（40／741）
東陂 4 首	〈再用前韻寄蔡天啓〉（3／47）〈南蕩〉（41／770）〈芙蕖〉（41／770）〈東陂〉（42／796）
南蕩 4 首	〈次前韻寄德逢〉（2／27）〈南蕩〉（41／770）〈芙蕖〉（41／770）〈東陂〉（42／796）
法雲寺 4 首	〈法雲〉（2／31）〈過法雲寺〉（42／791）〈游章義寺〉（13／245）〈朱朝議移法雲蘭〉（40／752）
西州 3 首	〈次韻約之謝惠詩〉（5／91）〈游土山示蔡天啓秘校〉（2／41）〈送贊善張君西歸〉（22／386）
段氏宅、園亭 3 首	〈招約之職方並示正甫書記〉（1／12）〈段約之園亭〉（26／468）〈段氏園亭〉（26／469）
長干（里）3 首	〈次韻酬朱昌叔五首〉（26／475）〈招葉致遠〉（42／811）〈雨花臺〉（27／488）
獨龍岡 3 首	〈元豐二年僧修定林路成〉（43／817）〈和子瞻同王勝之游蔣山〉（25／461）〈贈安大師〉（48／966）
北渚 3 首	〈兩山間〉（2／33）〈招約之職方並示正甫書記〉（1／12）〈寄蔡氏女子二首〉（2／39）
謝公墩 3 首	〈游土山示蔡天啓秘校〉（2／41）〈謝公敦〉（5／88）〈謝公墩二首〉（42／795）
永慶院 3 首	〈送道原至永慶院〉〈示永慶院秀老〉（43／830）〈題永慶壁有雱遺墨數行〉（42／824）
金陵 2 首	〈和陳輔秀才金陵書事〉（41／767）〈金陵報恩大師西堂方丈二首〉（46／899）
建業 2 首	〈別方邵秘校〉（40／757）〈寄蔡氏女子〉（2／39）
白下 2 首	〈示李時叔二首〉（43／828）〈贈上元宰梁之儀承議〉（22／392）
正覺禪寺 2 首	〈題正覺相上人籜龍軒〉（37／697）〈題正覺院籜龍軒二首〉（46／900）
長干寺 2 首	〈酬王濬賢良松泉二詩〉（5／93）〈長干釋普濟坐化〉（41／788）
宋興寺 2 首	〈酬王濬賢良松泉二詩〉（5／93）〈光宅寺〉（42／791）
開善寺（蕭寺）2 首	「遺寺有門非輦路」〈重登寶公塔二首〉之二（27／486）〈次韻酬朱昌叔五首〉（26／475）
潮溝 2 首	〈招呂望之使君〉（27／493）〈過法雲寺〉（42／791）
彎碕 2 首	〈彎碕〉（2／32）〈初夏即事〉（41／780）
南岡 2 首	〈上南岡〉（5／88）〈春日晚行〉（2／36）

東皋 2 首	〈東皋〉（22／380）〈東皋〉（41／771）
土山 2 首	〈游土山示蔡天啓秘校〉（2／41）〈次韻葉致遠置洲田以詩言志四首〉（41／784）
迷子洲 2 首	〈次韻致遠木人洲二首〉（26／472）〈次韻葉致遠〉（26／474）補箋：「占水中洲，即〈次韻致遠木人洲〉所謂『迷子洲』也。」
楊德逢莊 2 首	〈過楊德逢莊〉（4／83）〈書湖陰先生壁二首〉（43／822）
石頭城 2 首	「城踞虎爭偏」〈和子瞻同王勝之游蔣山〉（25／461）〈次韻酬朱昌叔五首〉（26／475）
冶城 2 首	〈張明甫至宿明日遂行〉（1／20）〈用前韻戲贈葉致遠直講〉（3／51）
龍安津 2 首	〈送和父至龍安微雨因寄吳氏女子〉（42／790）〈送和甫至龍安暮歸〉（44／845）
白蓮亭 2 首	〈鍾山西庵白蓮亭〉（38／706）〈鍾山西庵白蓮亭〉
洊亭 2 首	〈洊亭〉（2／35）〈洊亭〉（40／739）
籋龍軒 2 首	〈題正覺相上人籋龍軒〉（37／697）〈題正覺院籋龍軒二首〉（46／900）
雨花臺 2 首	〈光宅寺〉（22／399）〈雨花臺〉（27／488）
南埭 2 首	〈斜徑〉（44／847）〈戲贈段約之〉（43／831）
上元 1 首	〈贈上元宰梁之儀承議〉（22／392）
牛首山 1 首	〈光宅寺〉（22／399）
幕府山 1 首	〈和子瞻同王勝之游蔣山〉（25／461）
鳳臺山 1 首	〈和子瞻同王勝之游蔣山〉（25／461）
白鷺洲 1 首	〈己未耿天騭著作自烏江來予逆沈氏妹於白鷺洲遇雪作此詩寄天騭〉（1／10）
白土岡 1 首	〈示耿天騭〉（22／399）
東嶺 1 首	〈與呂望之上東嶺〉（2／27）
一人泉 1 首	〈和子瞻同王勝之游蔣山〉（25／461）
道光泉 1 首	〈北山三詠〉其三（26／485）
洗缽池 1 首	〈重登寶公塔二首〉（27／486）
青溪 1 首	〈招約之職方並示正甫書記〉（1／12）
朱湖 1 首	〈示耿天騭〉（22／399）
直瀆 1 首	〈次韻酬朱昌叔五首〉（26／475）

靜照禪師塔 1首	〈書靜照禪師塔〉（43／821）
東庵1首	〈歸庵〉（42／794）李壁注：「歸庵，未詳何地。」
淨相寺1首	〈淨相寺〉（40／751）
鐵索寺（又名退居院）1首	〈題勇老退居院〉（42／792）
悟眞院1首	〈悟眞院〉（43／818）
台城寺1首	〈台城寺側獨行〉（44／864）
景德寺1首	〈與道原步至景德寺〉（42／791）
靈曜寺1首	〈酬王濬賢良松泉二詩〉（5／93）
西莊1首	〈與道原游西莊過寶乘〉（43／814）
溪姑祠1首	〈次韻約之謝惠詩〉（5／91）
雺祠堂1首	〈題雺祠堂〉（22／383）
芙蓉堂1首	〈答韓持國芙蓉堂二首〉（41／788）
欣會亭1首	〈欣會亭〉（22／381）
佳麗亭1首	〈雨花台〉（27／489）
黃司理園 1首	〈題黃司理園〉（40／739）
何氏園亭 1首	〈題何氏宅園亭〉（40／738）
（城中）屋1首	〈秋熱〉（5／85）
劉全美所居 1首	〈過劉全美所居〉（43／823）
司馬門1首	〈和子瞻同王勝之游蔣山〉（25／461）
臺城宣陽門（白門）1首	〈自白門歸望定林有寄〉（22／396）
麗澤門1首	〈游城東示深之德逢二首〉之二（43／826）
朱雀航1首	〈段氏園亭〉（26／469）
五城1首	〈游土山示蔡天啓秘校〉（2／41）
余婆岡市 1首	〈重過余婆岡市〉（43／836）
蔡伯喈讀書臺1首	〈秋早〉（5／86）

昭明讀書臺 1首	〈與徐仲元自讀書臺上過定林〉（40／754）
九日臺1首	〈九日〉（41／769）
五願樹1首	〈和子瞻同王勝之游蔣山〉（25／461）
五馬渡1首	〈答張奉議〉（29／535）
桃葉渡1首	〈和子瞻同王勝之游蔣山〉（25／461）
霹靂溝1首	〈霹靂溝〉（40／736）
烏衣巷1首	〈和陳輔秀才金陵書事〉（41／767）
渡口1首	〈送耿天騭至渡口〉（41／787）
附：以安石而名、未以地名入詩、未繫年者…	
木末軒1首（後人據詩起名）	〈木末〉（41／777）
割青亭	〈戲贈段約之〉（43／831）
培塿	〈示元度〉（1／18）
萬宗泉（未入名）	〈酬王濬賢良松泉二詩〉（5／95）
蒙亭（未繫年但方志可證）	〈蒙亭〉（15／281）

表三　王安石熙寧九年以後以鍾山區域地名入詩之位置

地　名	位　　置
鍾山	一名蔣山，在城東北一十五里，周迴六十里，高一百五十八丈，東連青龍山，西接青溪，南有鍾浦，下入秦淮，北接雉亭山。《景定建康志》（卷17／頁916）
五願木	五願樹，山之最高峰北五願樹，乃柞木也，荊公詩森疎五願樹。《輿地紀勝》（17／769）
一人泉	在蔣山北，高峰絕頂，古定林寺後，僅容一勺，挹之不絕，自山下至泉五里。《景定建康志》（19／968）
讀書臺	梁昭明書臺，在蔣山定林寺後，山北高峰上。《景定建康志》（22／1039）
定林寺	有二……下定林寺在蔣山寶公塔西北，宋元嘉元年置，後廢，今爲定林庵，王安石舊讀書處。《景定建康志》（46／1442）

昭文齋	在鍾山定林庵，王安石嘗讀書於此，米芾榜曰昭文，李伯時畫安石像於壁。《景定建康志》（21／1017）
八功德水	在蔣山悟眞庵後，因梁天監得名……事跡〈嘉定記〉云：「八功德水，鍾山之勝也……宋天聖中史館蕭公始亭其上。」《景定建康志》（19／969）
悟眞院	悟眞庵在蔣山八功德水之南，有梅摯悟眞院亭。〈同熊伯通自定林過悟眞二首〉（43／818）李壁注引《建康續志》
寶公塔	詳開善寺
雱祠堂	在寶公塔院。〈題雱祠堂〉（22／383）李壁注
獨龍岡	詳開善寺
開善寺（舊基）	蔣山太平興國禪寺，去城一十五里。考證梁武帝天監十三年，以定林寺前岡獨龍阜葬誌公，永定公主以湯沐之資，造浮圖五級於其上，十四年即塔前建開善寺，今寺乃其地也。《景定建康志》（46／1433）
靈曜寺（舊基）	詳道光泉
道光泉	在蔣山之西，梁靈曜寺之前。事跡熙寧八年，僧道光披榛莽，得泉深五尺，穴竹引注寺中，由嶺至寺凡三百步，王荊公手植二松於其傍，其後道光又得二泉，合爲一派，主寺者，作屋覆於其上，名曰蒙亭，以此泉得之道光，故名道光泉。《景定建康志》（19／968）
蒙亭	詳道光泉條
萬宗泉（未以入詩、城南？鍾山？暫入）	僧道光得泉之三年，直歲善端治屋龍井之西北，發土得汱泉二，萬宗命溝井而合焉。東爲二池，池各有溝，注於南池，而東南其餘水以漑山麓之田。既畚，善端請名，余爲名其泉曰萬宗云。熙寧十年十月十二日，臨川王某記。王安石〈萬宗泉記〉《王臨川文集附沈氏注》（83／528）
洗缽池	鍾山一名蔣山……事跡寶公塔西二里，有洗缽池，興國寺西有道光泉，以僧道光穿斲得名，日宋熙泉，近宋熙寺之側，寺東山巔有定心石，下臨峭壁，寺西百餘步有白蓮庵，庵前有白蓮池，乃策禪師退居之所……皆山之勝處也。《景定建康志》（17／918）
西庵（白蓮庵）	詳洗缽池
白蓮亭	詳洗缽池
法雲寺	章義寺，本齊集善寺，唐改今名，又改爲法雲院，在蔣山寺西。〈游章義寺〉（13／245）李壁注

木末軒	（寶公）塔東爲落又池，西爲洗鉢池，西南爲木末軒，取王文公詩「木末北山雲冉冉」以名之也。塔後舊爲定林寺。《金陵古跡圖考》，頁 14。
草堂寺（舊基）	隆報寶乘禪寺，即舊草堂寺，在上元縣鍾山鄉，去城十一里。考證齊周顒隱居之所，後顒出仕，孔稚圭作〈北山移文〉，假草堂之靈以譏之，《高僧傳》云：「時有釋慧約，姓婁，少達妙理，顒素所欽伏，乃於鍾山舊館造草堂以居之。」今寺左乃婁約置臺講經文之地，寺後即顒舊居也。《景定建康志》（46／1439）
洊亭	洊亭在蔣山，廢久矣，余嘗過之。公詩又云：「西崦水泠泠，沿岡有洊亭。」〈洊亭〉（2／35）李壁注引《金陵志》
霹靂溝	在城東五里，王半山有詩云：「霹靂溝西路，柴荆四五家。」《景定建康志》（19／959） 山陽之泉，有八功德水、曲水、鍾山水、霹靂溝。《金陵古跡圖考》，頁 14。
桃花塢	蔣山寶公塔西北有宋興寺基，基之左有桃花塢，桃花甚盛，今不復存。〈霹靂溝〉（40／737）李壁注引《建康續志》
南岡	暫列，不詳，但朱偰形容明代城垣範圍，「東盡鍾山之南岡，北據山控湖，西阻石頭，南臨聚寶。貫秦淮於內外，計周九十六里。」又陳作霖《東城志略》：婁湖……其坡陀處爲南岡，六朝士大夫萃聚之所。頁 257 據《新修江寧府志》南岡有二，即朱偰與陳作霖的意思：「鍾山……其岡曰孫陵，曰白土，曰南岡，曰獨龍」卷六，頁七〇。又：「南岡在江寧城南。」卷六，頁七八。
楊德逢莊	德逢姓楊，與公鄰曲。〈元豐行示德逢〉（1／1）李壁注 楊德逢宅在上元縣城東北隅。乾隆《江南通志》 楊德逢宅在蔣山，近後湖。《〔嘉慶〕新修江寧府志》卷九，頁一二三。
孫陵	吳大帝陵在蔣山之陽，去城一十五里舊志。考證《寰宇記》在縣東北蔣山八里。《丹陽記》云：「蔣陵因山爲名。」《輿地志》云：「九日臺當孫陵曲折之傍，故名蔣陵亭。」今蔣廟西有孫陵岡，蔣陵地也。《景定建康志》（43／1378）
九日臺	王安石自注云：「南朝九日臺在孫陵曲街傍，去吾園只數百步。」〈次吳氏女子韻二首〉45／868 宋商飆館，在蔣廟西南即九日臺是。考證齊武帝永明五年四月立商飆館於孫陵岡，世呼爲九日臺。《景定建康志》（21／1015） 九日臺，今在蔣廟西南，俗呼爲松陵岡，去城十五里。《景定建康志》（22／1037）
東岡	東岡有三說，或塘岡、白土岡、孫陵： 東岡，《景定建康志》卷十七：「石邁《古跡編》云：『石頭城之東有巨石，俗呼爲塘岡。』」〈望鍾山〉（5／87）李之亮補箋

	周氏:「東岡,又名白土岡。」 白土岡,北連蔣山,其土色白……南至秦淮。《景定建康志》(17 ╱904) 孫陵,東岡。《金陵梵剎志》,頁108 王安石詩南浦東岡連用: 「南浦東岡二月時」〈南浦〉(41╱774)
白土岡	詳東岡條
東陂	詳南蕩條
南蕩	當是蔣山南之低地。〈南蕩〉(41╱770)李之亮補箋 王安石詩南蕩東陂連用: 「南蕩東陂水漸多」〈南蕩〉(41╱770) 「南蕩東陂無此物」〈芙蕖〉(41╱770) 「東陂南蕩正堪游」〈東陂〉(42╱796)
西崦	西崦分明見,幽人不可攀。〈寄西庵禪師行詳〉22╱391 在鍾山

表四　王安石熙寧九年以後以半山園區域地名入詩之位置

地　名	位　　　置
半山園	牛山報寧禪寺,公故宅也。由東門至蔣山,此爲半道,故以半山 爲名。 〈題半山寺壁二首〉(4╱64)李壁注 荊公舊宅在今報寧寺前,臨溝港,故有「門前秋水」之句。〈和叔 招不往〉(42╱812)李壁注
培塿	〈示元度〉:「溝西顧丁壯,担土爲培塿。」 謝安爲土山,亦公意。〈示元度〉(1╱19)李壁注
謝公墩	墩在公所舍宅報寧禪寺後。余嘗至其處,特一土骨堆耳。〈謝公墩〉 (5╱89)李壁注 寺東里許,有石阜隆起,相傳爲謝公墩〔案冶城北亦有謝公墩, 李白詩「冶城訪古跡,猶有謝公墩」是也。〕朱偰《金陵古跡圖 考》,頁169 謝公墩……李白王荊公皆有謝公墩詩,白詩云:「冶城訪遺跡,猶 有謝安墩」,乃今大慶觀冶城山……今牛山寺所在,舊名康樂坊, 按晉書謝玄封康樂公,至孫靈運猶襲封,今以坊及墩名觀之,恐 是玄及其子孫所居,後人因名之耳。《景定建康志》(17╱941~942) 謝安墓,在城南九里梅嶺崗。《景定建康志》(43╱1384)。 晉世王公貴人多葬梅嶺。及叔陵所生母彭氏卒,啓求梅嶺,乃發 故太傅謝安舊墓,棄去安柩,以葬其母。〈游土山示蔡天啓秘校〉 (2╱41)引《陳·始興王叔陵傳》 綜上,謝安墩、墓共三處,唯墩一處在半山園。

表五　王安石熙寧九年以後以城區域地名入詩之位置

地　名	位　　置
雨花臺	在城南三里，據岡阜最高處，俯瞰城闉。《景定建康志》（22／1037）
秦淮河	淮水發源於華山……流經建康、秣陵二縣之間，縈紆京邑之內，至於石頭入江。《景定建康志》（18／944）引《輿地志》
青溪	《輿地志》云：「青溪發源鍾山，入於淮，連綿十餘里。」 楊溥城金陵，青溪始分爲二，在城外者，自城濠合於淮……在城內者悉皆堙塞……《景定建康志》（18／953）
直瀆	孫盛《晉陽秋》云：「秦淮是始皇所鑿。王導令郭璞筮，即此淮也。」又稱「未至方山有直瀆，行三十餘里」。以地論之，淮發源詰曲，不類人工，則始皇所掘，即此瀆也。〈次韻酬朱昌叔五首〉（26／474）李壁注
南浦	城南小河
南埭	南埭、北山，在公園屋旁近。〈斜徑〉（44／847）李壁注 「南埭，今上水閘也，王荊公〈贈段約之〉詩云：『聞君更欲通南埭，割我鍾山一半青。』」《景定建康志》（16／914）
白鷺洲	在城之西，與城相望，周迴一十五里。《景定建康志》（19／974）
石頭城	諸葛亮云：「鍾山龍盤，石城虎踞，眞帝者之都。吳始築石頭。」〈和子瞻同王勝之游蔣山〉（25／461）李壁注引
冶城	冶城，本吳冶鑄之所，今建康天慶觀，即其地也。〈張明甫至宿明日遂行〉（1／20）李壁注
西州	西州城在上元縣治，晉揚州刺史治所，王導所創也。及會稽王道子領揚州，居東府，故以此爲西州城。西則冶城，東則運瀆。〈游土山示蔡天啓秘校〉（2／41）沈注引《江南通志》
宣陽門 （白門）	《建康志》云：「即台城宣陽門也。」〈自白門歸望定林有寄〉（22／396）李壁注引
司馬門	司馬，謂晉之故祠。〈和子瞻同王勝之游蔣山〉（25／461）李壁注古者寶殿皆有司馬門……《建康志》：「古大司馬門（案：大字亦衍。）在宣陽門內。」〈和子瞻同王勝之游蔣山〉（25／461）沈注
麗澤門	不詳。〈游城東示深之德逢二首〉（43／826）
白下門	已見上
長干里	《建康實錄》云：「江東謂兩山之間曰干。州南五里有山岡，其間平地，民庶雜居，有大長干、小長干。」〈招葉致遠〉（42／811）李壁注引

烏衣巷	在秦淮南，晉南渡，王謝諸名族居此，時謂其子弟爲烏衣諸郎，今城南長干寺北有小巷曰烏衣，去朱雀橋不遠。舊志《景定建康志》（16／891）
朱雀航	朱雀航，即吳之南津橋也。橋在宮城朱雀門南，亦謂之南航，又曰大航。以秦淮諸航，此爲最也。〈段氏園亭〉（26／469）沈注引《江南通志》
桃葉渡	桃葉渡在秦淮口。桃葉者，晉王獻之愛妾也，有妹曰桃根。〈和子瞻同王勝之游蔣山〉（25／461）李壁注引《建康圖經》
齊安寺	淨妙寺即齊安寺，在城東門外，前臨官路。今徙置高隴，面秦淮。南唐升元中建，政和中改今額。〈壬戌正月再游〉（43／815）李壁注引《建康志》
宋興寺	一名興教院，今在南門外。《景定建康志》（46／1442） 光宅寺，梁武帝宅也；其北齊安隔淮，齊武帝宅也；宋興又在其北。〈光宅寺〉（42／791）李壁注
光宅寺	光宅寺在江寧縣東南，梁天監初，以三橋舊宅爲光宅寺。〈游城東示深之德逢二首〉（43／826）補箋引《嘉慶重修一統志》卷七十五〈江寧府〉 沈注云有兩光宅寺，一在江寧縣東南，一在府西南新亭鄉，宋治平間建，名古光宅寺。〈光宅寺〉（22／399）
高座寺	高座寺，一名永寧寺，在城南門外，晉咸康中造，又名甘露寺。嘗有雲光法師講《法華經》於寺，天花散落，今講經臺遺址猶存。《景定建康志》（46／1443） 雨花臺即高坐寺之基也。〈光宅寺〉（22／399）沈注
清涼寺	清涼廣惠禪寺，在石頭城，去城一里……寺有白雲庵，見王荊公詩。《景定建康志》（46／1435）
正覺禪寺	一名鐵塔寺，在城內西北冶城後岡上……王荊公嘗於寺西作書院，有軒名籌龍。《景定建康志》（46／1433）
長干寺	天禧寺，即古長干寺，在城南門外。《景定建康志》（46／1436） 亦見〈長干釋普濟坐化〉（41／788）李之亮補箋
鐵索寺	公自注：「金鐵索。」鐵索，寺名，今名瑞相。在城南門外。本晉時尼寺，至宋建業十一年，有尼鐵索羅等三人至，因以爲號。及國朝開寶中，有僧重興瑞相禪師塔，又改今額。〈題勇老退居院〉（42／792）李壁注引《建康志》
景德寺	在城內嘉瑞坊，舊崇孝寺也。僞吳置。《景定建康志》（46／1441）
臺城寺	安石詩〈臺城寺側獨行〉之臺城寺，即臺城院，乃梁同泰寺基之半也。據《金陵梵刹志》頁359～362、《至正金陵新志》卷十一，頁1940。

殊勝院、靜照禪師塔	在城南門外，本宋福興寺，僞唐後主葬照禪師於此，因名塔院。《景定建康志》（46／1443）
永慶院	在城北門外烏龍潭北。〈題永慶壁有雱遺墨數行〉（43／824）李壁注引《建康志》
溪姑祠	青溪，小姑沉水處。舊有祠，在金陵閘。相傳漢秣陵尉蔣子文遇難，小姑挾二女投溪死……小姑，蔣侯第三妹也。〈次韻約之謝惠詩〉（5／91）沈注引《江南通志》
秦淮小宅	余在臨川得此詩石本，一僧跋云：「元豐末，公居金陵秦淮小宅，甚熱中，折松枝架欄御暑，因有此作。」〈秋熱〉（5／85）李壁注
段約之宅	又《金陵故事》：「南朝鼎族多夾青溪，江令宅尤占勝地，至國朝爲段約之宅……今上元縣丞廳南青溪上有割青亭，舊基尚存。」〈招約之職方並示正甫書記〉（1／12）李壁注。可參《景定建康志》（42／1375）
芙蓉堂	按：《建康志》：在舊府治，泠行宮猶有舊基。〈答韓持國芙蓉堂二首〉（41／788）李壁注
白下亭	驛亭也，舊在城東門外。舊志《景定建康志》（22／1028）
佳麗亭	按：《建康志》有佳麗亭，太守馬亮所建，與風亭相近，在折柳亭之東，賞心亭之下。詩或指此。〈雨花臺〉（27／488）李壁注
鳳臺山	金陵有鳳臺山。宋元嘉，鳳凰集於此，乃築臺於山，以表嘉瑞。〈和子瞻同王勝之游蔣山〉（25／461）李壁注，另可參鳳凰臺。

表六　王安石熙寧九年以後以非三區地名入詩之位置

地　名	位　　置
牛首山	牛首山，在建康城南三十里，一名天闕，又名仙窟山。王茂洪所指以爲天闕，即此山也。自朱雀門沿御道至山下。宋大明中，嘗立郊壇於此。〈光宅寺〉（22／399）李壁注
土山	《景定建康志》卷十七：「土山，一名東山，在城東南二十里，周迴四里，高二十丈，無巖石，故曰土山舊志。事跡上元縣有兩東山，一在崇禮鄉，即土山是也，晉書謝安寓居會稽，棲遲東山，此安之舊隱也，在會稽，後於土山營築，以擬東山，今去縣二十里，一在鍾山鄉蔣廟東北。」頁924。〈游土山示蔡天啓祕校〉（2／41）
幕府山	建康有幕府山，在郡西二十五里。晉琅琊王初過江，丞相王導建幕府，因以爲名。〈和子瞻同王勝之游蔣山〉（25／461）李壁注
五馬渡	五馬渡在金陵西北二十三里幕府山之前。〈答張奉議〉（29／534）庚寅增注

朱湖	金陵有赤山湖,又名絳岩湖,又名朱湖,在上元、句容兩縣之間。〈示耿天騭〉(22／398)李壁注
木人洲	迷子洲在城西南四十里,周回三十里。〈次韻致遠木人洲二首〉(26／472)李壁注引《建康志》
淨相寺	俗呼為後離寺,在江寧縣城西南六十里。唐天祐十八年建。國朝崇寧中改今額。〈淨相寺〉(40／751)李壁注。
余婆岡市	余婆岡城在城東北二十里,市中有公刻詩。〈重陽余婆岡市〉(43／836)李壁注引《建康續志》
龍安津	和父,荆公弟安國。龍安,宋有龍安驛,屬江南西路建昌軍,在今江西省安義縣東北三十里,不詳是否指此地。吳氏,荆公女,吳安持妻。〈送和父至龍安微雨因寄吳氏女子〉(42／790)李之亮補箋《建康志》:「龍安津在城西北二十里,與眞州宣化鎮相對,今為靖安渡。」《輿地紀勝》:「南康軍有龍安縣城,在建昌縣南六十里,今為量安驛。」疑非此。〈送和甫至龍安暮歸〉(44／845)沈注引
蔡伯喈讀書臺	蔡伯喈讀書臺在溧陽縣太虛觀東北。〈秋早〉(5／86)補箋引《景定建康志》卷二十
欣會亭	未知。〈欣會亭〉(22／381)

表七 未繫年詩作但以金陵地名入詩、入題、為題者

地 名	詩 文
鍾山	〈游北山〉(25／447)、〈江寧夾口二首〉:「鍾山咫尺被雲埋,何況南樓與北齋。」(42／808)、〈江寧夾口三首〉:「北山草木何由見?夢見青燈展轉中。」(45／874)、〈夜聞流水〉:「州橋月下聞流水,不忘鍾山獨宿時。」(45／890)、〈雜詠六首〉:「朝陽映屋擁書眠,夢想鍾山一慨然。」(46／896)
金陵	〈金陵即事三首〉(44／841)、〈金陵〉(44／843)、〈和金陵懷古〉(37／687)
江寧夾口	〈江寧夾口二首〉(42／808)、〈江寧夾口三首〉(45／874)
湯泉	〈題湯泉壁示諸子有欲閒之意〉(24／431)、〈湯泉〉(25／450)
秦淮河	〈江寧夾口〉:「昨夜明月江上夢,逆隨潮水到秦淮」(42／808)、〈望淮口〉(43／835)
昇州	〈離昇州作〉(40／760)
茅山	〈次韻劉著作過茅山今平甫往游因寄〉(34／642)
青溪	〈泛舟青溪入水門登高齋奉呈康叔〉(35／660)

定林院	〈書定林院窗〉（40／759）
殊勝院	〈贈殊勝院簡師〉（22／392）
寂照寺	〈和棲霞寂照庵僧雲渺平甫同作〉（23／416）
白下門	〈暮春〉：「白下門東春已老，莫嗔楊柳可藏鴉。」（47／929）
高齋	〈泛舟青溪入水門登高齋奉呈康叔〉（35／660）
臨春、結綺閣	〈金陵即事三首〉：「結綺臨春歌舞地，荒蹊夾巷兩三家。」（44／841）
石頭城	〈金陵〉：「最憶春風石城塢，家家桃杏過牆開。」（44／843）

參考書目

王安石相關

1. 〔宋〕王安石著；李之亮補箋：《王荊公詩注補箋》（成都：巴蜀書社，2002年）

2. 〔宋〕王安石撰：《王荊公詩李氏注附沈氏勘誤補正》（台北：鼎文書局，1979年）

3. 〔宋〕王安石撰；李壁注：《王荊文公詩李壁注》（北京：上海古籍出版社，據朝鮮活字本影印，1993年）

4. 〔宋〕詹大和等撰：《王安石年譜三種》（北京：中華書局，2006年）

5. 〔清〕蔡上翔著：《王荊公年譜考略》（上海：上海人民出版社，1974年）

6. 〔清〕沈欽韓註：《王荊公詩文沈氏註》（台北：新文豐，1979年）

7. 〔清〕梁啓超著：《王荊公》（台北：中華書局，1966年）

8. 楊家駱主編：《王臨川文集附沈氏注》（台北：鼎文書局，1979年）

9. 范文汲著：《一代名臣王安石》（北京：中國社會科學出版社，2003年）

10. 周錫韋复選注：《王安石詩選》（台北：遠流，2000年）

11. 李德身著：《王安石詩文繫年》（西安：陝西人民出版社，1987年）

12. 漆俠著：《王安石變法》（河北，河北人民出版社，2002年）

13. 張白山著：《王安石》（台北：萬卷樓，1993年）

14. 羅克點編著：《王安石評傳》（台北：國家出版社，1999年）

15. 王晉光著：《王安石論稿》（台北：大安出版社，1993年）

16. 王晉光著：《王安石八論》（台北：大安出版社，2006 年）

17. 方笑一著：《北宋新學與文學——以王安石為中心》（上海：上海古籍出版社，2008 年）

18. 鄧廣銘著：《北宋政治改革家王安石》，《鄧廣銘全集》（石家莊：河北教育出版社，2005 年）

19. 劉成國著：《荊公新學研究》（上海：上海古籍出版社，2006 年）

20. 蔣義斌撰：《宋代儒釋調和論及排佛論之演進——王安石之融通儒釋及程朱學派之排佛反王》（台北：台灣商務，1997 年）

21. 湯江浩著：《北宋臨川王氏家族及文學考論——以王安石為中心》（北京：人民文學出版社，2005 年）

22. 李燕新著：《王荊公詩研究》（台北：文津，1997 年）

23. 劉正忠著：《王荊公金陵詩研究》（台北：花木蘭文化出版社，2007 年）

方志、金陵（南京）相關

1. 〔宋〕王存撰：《元豐九域志》（北京：中華書局，1984 年）

2. 〔宋〕王象之撰：《輿地紀勝》（北京：中華書局，2003 年）

3. 〔宋〕祝穆撰；祝洙增訂：《方輿勝覽》（北京：中華書局，2003 年）

4. 〔宋〕周應合撰：《景定建康志》（台北：成文出版社，據清嘉慶六年刊本影印，1983 年）

5. 〔宋〕張敦頤撰：《六朝事蹟類編》（台北：世界書局，1976 年）

6. 〔元〕張鉉撰：《至正金陵新志》（台北：成文出版社，據元至正四年刊本影印，1983 年）

7. 〔明〕葛寅亮撰：《金陵梵剎志》（台北：新文豐，1987 年）

8. 〔明〕朱之藩撰：《金陵圖詠》（台北：成文出版社，據明天啓三年刊本影印，1983 年）

9. 〔明〕顧起元撰；張惠榮校點：《客座贅語》（南京：鳳凰出版社，2005 年）

10. 〔清〕顧炎武撰：《建康古今記》（台北：成文出版社，1983 年）

11. 〔清〕傅春官撰：《金陵建置沿革表》（台北：世界書局，1976 年）

13. 〔清〕呂燕昭修、姚鼐纂：《〔嘉慶〕新修江寧府志》（上海：上海古籍出版社，據清嘉慶十六年刻本影印，1995 年）

14. 〔清〕陳作霖等編：《金陵瑣志》七種（台北：成文出版社，據清光緒二十六年刊本影印，1970 年）

15. 〔清〕金鰲撰:《金陵待徵錄》(台北:成文出版社,據清道光二十四年刊本影印,1983 年)

16. 〔清〕陳伯雨編輯:《金陵通紀》(台北:新文豐,1975 年)

17. 不著撰人:《金陵地志圖考》(台北:成文出版社,據清代手鈔本影印,1989 年)

18. 朱偰著:《金陵古跡圖考》(北京:中華書局,2006 年)

19. 朱偰著:《金陵古跡名勝影集》(北京:中華書局,2006 年)

20. 朱偰著:《建康蘭陵六朝陵墓圖考》(北京:中華書局,2006 年)

21. 姚亦鋒著:《南京城市地理變遷及現代景觀》(南京:南京大學出版社,2006 年)

22. 劉淑芬著:《六朝的城市與社會》(台北:台灣學生書局,1992 年)

詩話相關

1. 〔宋〕胡仔撰:《苕溪漁隱叢話》(台北:世界書局,2009 年)

2. 〔宋〕魏慶之編:《詩人玉屑》(台北:世界書局,2005 年)

3. 〔宋〕阮閱編:《詩話總龜》(台北:廣文書局,1973 年)

4. 〔宋〕葉夢得撰:《石林詩話》(台北:藝文印書館,百部叢書集成,1966 年)

5. 〔宋〕葛立方撰:《韻語陽秋》(台北:藝文印書館,百部叢書集成,1966 年)

6. 〔宋〕魏泰著;陳應鸞校;陳應鸞注釋:《臨漢隱居詩話校注》(成都:巴蜀書社,2001 年)

7. 〔明〕稽留山樵撰:《古今詩話》(台北:廣文書局,1973 年)

8. 〔清〕何文煥訂:《歷代詩話》(台北:藝文印書館,1991 年)

9. 〔清〕丁福保輯:《歷代詩話續編》(北京:中華書局,2006 年)

10. 〔清〕陳衍著:《石遺室詩話》(瀋陽:遼寧教育出版社,1998 年)

其 他

1. 〔宋〕謝朓撰:《謝宣城詩集》(台北:廣文書局,影宋抄本,1990 年)

2. 〔南朝梁〕沈約著;陳慶元校箋:《沈約集校箋》(浙江:浙江古籍出版社,1995 年)

3. 〔唐〕李白著;瞿蛻園等校注:《李白集校注》(台北:里仁書局,1981 年)

4. 〔唐〕劉禹錫撰；高志忠校注：《劉禹錫詩編年校注》（哈爾濱：黑龍江人民出版社，2005 年）

5. 〔五代〕徐鉉撰：《騎省集》（台北：台灣中華書局，據宋明州本校刊，1971 年）

6. 〔宋〕曾鞏撰：《元豐類稿》（台北：世界書局，1984 年）

7. 〔宋〕蘇軾著；施元之注：《施注蘇詩》（台北：廣文書局，1980 年）

8. 〔宋〕黃庭堅著：《黃庭堅全集》（成都：四川大學出版社，2001 年）

9. 〔宋〕張耒撰；李逸安等點校：《張耒集》（北京：中華書局，2000 年）

10. 〔宋〕陸游撰：《陸放翁全集》（台北：臺灣中華，1983 年）

11. 〔宋〕陸九淵著：《陸九淵集》（北京：中華書局，2008 年）

12. 〔宋〕葉夢得撰：《避暑錄話》（台北：藝文印書館，百部叢書集成，1966 年）

13. 〔宋〕葉夢得撰；宇文邵奕考異；侯忠義點校：《石林燕語》（北京：中華書局，2006 年）

14. 〔宋〕邵伯溫撰：《邵氏聞見錄》（北京：中華書店，1997 年）

15. 〔宋〕邵博撰：《邵氏聞見後錄》（北京：中華書店，1997 年）

16. 〔宋〕王鞏撰：《清虛雜著》（台北：藝文印書館，百部叢書集成，1966 年）

17. 〔宋〕王銍撰：《默記》（北京：中華書店，1997 年）

18. 〔宋〕陸游撰；楊立英校注：《老學庵筆記》（西安：三秦出版社，2003 年）

19. 〔宋〕黎靖德編；王星賢點校：《朱子語類》（北京：中華書局，2004 年）

20. 〔宋〕孟元老撰：《東京夢華錄箋注》（北京：中華書局，2006 年）

21. 〔宋〕李燾撰：《續資治通鑑長編》（北京：中華書局，2004 年）

22. 〔元〕脫脫等撰：《宋史》（北京：中華書局，1977 年）

23. 〔元〕胡炳文撰：《雲峰集》，《元人文集珍本叢刊》（台北：新文豐，1985 年）

24. 〔元〕覺岸撰：《釋氏稽古略》（台北：新文豐，1975 年）

25. 〔明〕宋濂撰：《宋學士全集》（台北：藝文印書館，百部叢書集成，1967 年）

26. 〔明〕王士禎著：《王士禎全集》（濟南：齊魯書社，2007 年）

27. 〔明〕王崇慶撰：《元城語錄解》（台北：藝文印書館，百部叢書集成，1967 年）

28. 〔清〕杜濬撰：《變雅堂遺集》（上海：上海古籍出版社，續修四庫全書本，2002 年）

29. 〔清〕厲鶚輯撰：《宋詩紀事》（上海，上海古籍出版社，2008 年）

30. 〔清〕呂留良、吳之振、吳爾堯編：《宋詩鈔》（台北：世界書局，1983 年）

31. 〔清〕石遺老人評點：《宋詩精華錄》（台北：廣文書局，1990 年）

32. 保羅・科拉法樂（Paul CLAVAL）原著；鄭勝華等譯：《地理學思想史》（台北：五南圖書，2005 年）

33. Yi—Fu Tuan 著；潘桂成譯：《經驗透視中的空間和地方》（台北：國立編譯館，1998 年）

34. 段義孚著；周尚意、張春梅譯：《逃避主義》（台北：立緒文化，2006 年）

35. 李豐楙・劉苑如主編：《空間、地域與文化——中國文化空間的書寫與闡釋》（台北：中研院文哲所，2002 年）

36. 潘朝陽著：《心靈・空間・環境：人文主義的地理思想》（台北：五南圖書，2005 年）

37. Mike Crang 著：王志弘、余佳玲、方淑惠譯：《文化地理學》（台北：巨流，2003 年）

38. Tim Cresswell 著：徐苔玲、王志弘譯：《地方：記憶、想像與認同》（台北：群學，2006 年）

39. 加斯東・巴舍拉（Gaston Bachelard）著；龔卓軍、王靜慧譯：《空間詩學》（台北：張老師文化，2003 年）

40. 鄭樹森編：《現象學與文學批評》（台北：東大圖書，1991 年）

41. 范銘如著：《文學地理：臺灣小說的空間閱讀》（台北：麥田出版社，2008 年）

42. 許秦蓁著：《戰後臺北的上海記憶與上海經驗》（台北：大安出版社，2008 年）

43. 錢穆著：《國史大綱》（台北：臺灣商務，2006 年）

44. 何劍明著：《沉浮：一江春水——李氏南唐國史論稿》（南京：南京大學初版社，2007 年）

45. 方豪著：《宋史》（台北：文化大學出版部，2000 年）

46. 姚瀛艇主編：《宋代文化史》（開封：河南大學出版社，1999 年）

47. 羅家祥著：《北宋黨爭研究》（台北：文津出版社，1989 年北京大學博士論文，1993 年）

48. 沈松勤著：《北宋文人與黨爭》（北京：人民出版社，2004 年）

49. 陳振著：《宋代社會政治論稿》（上海：上海人民出版社，2007 年）

50. 張其凡、陸勇強主編：《宋代歷史文化研究》（北京：人民出版社，2001 年）

51. 程民生著：《宋代地域文化》（開封：河南大學出版社，1997 年）

52. 宋晞著：《方志學研究論叢》（台北：台灣商務，1999 年）

53. 來新夏著：《中國地方志》（台北：台灣商務，1995 年）

54. 張廷銀輯釋：《方志所見文學資料輯釋》（北京：北京圖書館出版社，2006 年）

55. 王啓興主編：《校編全唐詩》（武漢：湖北人民出版社，2001 年）

56. 楊家駱主編：《歐陽修全集》（台北：世界書局，1991 年）

57. 錢鍾書著：《宋詩選注》（北京：生活·讀書·新知三聯書店，2005 年）

58. 錢鍾書著：《談藝錄》（台北：書林，1999 年）

59. 黃永武著：《中國詩學·鑑賞篇》（台北：巨流圖書，2004 年）

60. 黃永武著：《中國詩學·思想篇》（台北：巨流圖書，2003 年）

61. 王立著：《中國古代文學十大主題：原型與流變》（台北：文史哲出版社，1994 年）

62. 宇文所安著；鄭學勤譯：《追憶：中國古典文學中的往事再現》（台北：聯經，2006 年）

63. 王水照主編：《宋代文學通論》（開封：河南大學出版社，2005 年）

64. 季羨林主編：《宋代文學研究》（北京：北京出版社，2003 年）

65. 周裕鍇著：《宋代詩學通論》（成都：巴蜀書社，1997 年）

66. 張高評著：《自成一家與宋詩宗風》（台北：萬卷樓，2004 年）

67. 程杰著：《北宋詩文革新研究》（台北：文津，1994 年南京師範大學博士論文，1996 年）

68. 莫礪鋒著：《唐宋詩歌論集》（南京：鳳凰出版社，2007 年）

69. 張潤靜著：《唐代詠史懷古詩研究》（上海：上海三聯書店，2009 年）

70. 鄭毓瑜著：《文本風景——自我與空間的相互定義》，（台北：麥田，2005 年）

71. 胡阿祥著：《魏晉本土文學地理研究》 （南京：南京大學出版社，

2001 年）

72. 孫康宜著；鍾振振譯：《抒情與描寫：六朝詩歌概論》（台北：允晨文化，2001 年）

73. 周建軍著：《唐代荊楚本土詩歌與流寓詩歌研究》（北京：中國社會科學出版社，2006 年）

74. 梅新林著：《中國古代文學地理型態與演變》（上海：復旦大學出版社，2006 年）

75. 中國古典文學研究會主編：《古典文學》第十二集（台北：台灣學生書局，1992 年）

76. 東海大學中國文學系編輯：《旅遊文學論文集》（台北：文津出版社，2000 年）

77. 〔美〕楊曉山著；文韜譯：《私人領域的變形：唐宋詩歌中的園林與玩好》（南京：江蘇人民出版社，2008 年）

78. 侯迺慧著：《詩情與幽境：唐代文人的園林生活》（台北：東大圖書，1991 年）

79. 樂黛雲、陳珏編選：《北美中國古典文學研究名家十年文選》（南京：江蘇人民出版社，1996 年）

80. 閏孟祥著：《宋代臨濟禪發展演變》（北京：宗教文化出版社，2006 年）

81. 劉金柱著：《唐宋八大家與佛教》（北京：人民出版社，2004 年）

82. 張培鋒著：《宋代士大夫佛學與文學》（北京：宗教文化出版社，2007 年）

學位論文

1. 張蜀蕙：《書寫與文類——以韓愈詮釋為中心探究北宋書寫觀》（國立政治大學中文所博士論文，民 89 年 7 月）

2. 林郁迢：《南宋士人思維中的南朝影像》（國立東華大學中文所碩士論文，民 92 年 6 月）

3. 江珮慧：《王荊公詠史詩研究》（彰化：國立彰化師範大學國文研究所國語文教學碩士論文，民 94 年 8 月）

4. 石佩玉：《王荊公中晚年的心靈世界——以其詩為討論中心》（台中：私立靜宜大學中國文學系碩士論文，民 95 年 7 月）

期刊論文

1. 傅錫壬：〈從詩作看王安石變法維新的心境〉（《淡江人文社會學刊》

第三期，1999 年）

2. 潘朝陽：〈空間・地方觀與「大地具現」暨「經典訴說」的宗教性詮釋〉（《中國文哲研究通訊》，第 10 卷第三期，2000 年）

3. 楊宇勛：〈政務與調劑：宋代士大夫休閒遊憩活動初探〉（《南師學報》第 38 卷第一期人文與社會類，2004 年）

4. 昝紅霞：〈「丈夫出處非無意」──從「居士」視角看王安石歸隱金陵的心路歷程〉（《新亞論叢》第 8 卷，2006 年）。

5. 張蜀蕙：〈現實經驗與文本經驗的真實──由歐陽修、蘇軾作品探究北宋地誌書寫與閱讀〉（《東華人文學報》第十一期，2007 年 7 月）